Kim Lorenz

Langeoog Haie

3. Fall für Kathrin Hansen

Zum Buch

Eine junge Frau, auf grausame Weise ermordet, ist nicht gerade das, was Kathrin Hansen sich auf Langeoog gewünscht hätte. Ihr Lebensgefährte liegt in der Notfall Klinik, weil er zuvor diese Frau schützen wollte. Eine Fremde, ohne Identität. Ihr Aufenthalt auf der Insel wirft Fragen auf. So richtig verwirrend wird es, als alles auf einen Ritualmord hinweist. Auf eine Bestrafung, die in Ländern des Islam praktiziert wird. Glaubte Kathrin Hansen, schlimmer könnte es nicht kommen, bringt sie der Mord an einer alten Insulanerin völlig aus dem Tritt. Das Opfer ist eine Freundin von ihr, die sie seit ihrer Kindheit kennt. Eine Frau, die überall beliebt ist. Doch nach dem Motto: Alle guten Dinge sind drei, gibt es einen weiteren Toten obendrauf.

Kim Lorenz

Langeoog Haie

3. Fall für Kathrin Hansen

Bibliografische Information der Deutschen Nationalbibliothek:
Die Deutsche Nationalbibliothek verzeichnet diese Publikation in der Deutschen Nationalbibliografie; detaillierte bibliografische Daten sind im Internet über http://dnb.dnb.de abrufbar.

Herstellung und Verlag:
BoD – Books on Demand, Norderstedt
ISBN 978-3-7597-4903-1

1. KAPITEL

In Vorfreude auf einen schönen Abend mit Hindrik verließ Kathrin Hansen am Bahnhof Langeoog die Inselbahn und staunte mal wieder über das Gedränge bei der Gepäckausgabe. Mit zusammengekniffenen Augen beobachtete sie einen älteren Mann, der hektisch seinen Trolley aus einem der Bahncontainer zerrte und dem es nichts auszumachen schien, dass zwei fremde Gepäckstücke zu Boden polterten. Ohne sich weiter darum zu kümmern, drängte er sich durch die Leute und zog davon. Ein Verhalten, das Kathrin Hansen in Rage versetzte. Doch sie wollte sich ihre gute Laune durch eine Konfrontation nicht verderben lassen. Mit den Gedanken bereits bei den Vorbereitungen für den Abend ging sie zu ihrem am Bahnhof geparkten Bike. Und wie konnte es auch anders sein, auf der Fahrt zur Dienststelle setzten leckere Angebote einiger Restaurants und zu guter Letzt auch noch die Ankündigung ihres Weinhändlers über einen jüngst eingetroffenen Chardonnay, ihrem knurrenden Magen gewaltig zu. Dadurch, dass sie einen Kleinkriminellen nach Wittmund zur Polizeiinspektion überstellt hatte, war sie zum Essen nicht gekommen. Sie erreichte die Dienststelle und nahm sich vor, den Rest des Tages dienstfrei zu machen. Während sie ihr Büro ansteuerte, überlegte sie bereits, was sie am Abend kochen könnte. Ihr kam das Angebot des Weinhändlers in den Sinn. Zu einem Chardonnay würde Fisch passen. Seelachs wäre nicht schlecht.

Gerade hatte sie ihre Umhängetasche abgelegt, als das Handy sich meldete. Erstaunt registrierte Kathrin Hansen im Display die Nummer der neuen Notfall-Klinik. Hoffentlich nichts Ernstes, dachte sie, und nahm das Gespräch an.

Schlagartig war der Gedanke an ein leckeres Abendessen gestorben. Sie spürte, wie ihr Magen sich verkrampfte und das Herz anfing zu rasen. Aus den Augenwinkeln nahm sie wahr, dass Kollegen ins Büro kamen und sich an den Besprechungstisch setzten. Fassungslos hörte sie, was eine gedämpfte Stimme ihr mitteilte.

»Ruhig gestellt?«, sagte sie ungläubig.

»Nein!«

Ihr glitt das Handy aus der Hand. Benommen setzte sie sich und starrte auf die Tischplatte. Beunruhigt bemerkten ihre Kollegen, wie die Schultern ihrer Chefin bebten. Ava Sari, die gute Seele der Dienststelle, ging zu ihr hin und umarmte sie.

»Kathrin, was ist passiert?«

Mit feuchten Augen blickte Kathrin Hansen hoch.

»Hindrik.

Er liegt in der Notfall-Klinik.«

Im Raum wurde es mucksmäuschenstill. Die Kollegen blickten auf die Frau, die ihnen allen schon mal in einer beschissenen Lage geholfen hatte, die sich vor sie stellte, auch wenn es mal nicht populär war. Und sie alle mochten Hindrik, ihren Lebensgefährten. Ein ruhiger, ausgeglichener Mann, wenn auch kein Polizist, war er doch einer von ihnen.

Durch Kathrin Hansen ging ein Ruck, sie musste sich zusammenreißen. Fahrig griff sie nach dem Handy, entschuldigte sich bei dem diensthabenden Arzt der Intensivstation für den Aussetzer und informierte ihn, dass sie sofort kommen würde. Sie beendete das

Gespräch, wischte sich über das Gesicht und sah ihre Leute an.

»Hindrik ist gegen Mittag in die Klinik eingeliefert worden. Urlauber haben ihn bewusstlos am Strand entdeckt. Es bestand der Verdacht auf innere Verletzungen.«

»Kathrin, weiß man schon, was genau passiert ist?«, fragte Maike Jansen gedämpft.

»Nur so viel, dass der Rettungsdienst ihn an den Flinthörndünen aufgenommen hat. Mehr konnte der Arzt mir nicht sagen.«

»Aber«, Maike Jansen blickte auf ihre Uhr. »Wenn Hindrik bereits gegen Mittag in die Notfall-Klinik eingeliefert wurde, und jetzt ist es gleich sechzehn Uhr, wieso erfährst du erst jetzt davon?«

Verzweifelt zog Kathrin Hansen die Stirn in Falten.

»Hindrik war joggen. Mit Shorts und T-Shirt bekleidet, hatte er keine Papiere und kein Handy dabei. Von den Rettungsleuten kannte ihn keiner und erst im OP hat ihn die Anästhesistin erkannt. Ihr Sohn arbeitet bei Hindrik im Erholungsheim als Therapeut.«

Ruckartig stand Kathrin Hansen auf.

»Ich muss sofort zu ihm, ich muss sehen, wie es ihm geht.«

Maike Jansen nickte heftig.

»Okay. Olli und ich sehen uns in der Zeit am Strand um. Vielleicht gibt es Hinweise auf die Täter, oder wir finden Leute, die was bemerkt haben.« Maike Jansen blickte zu Friedrichs hin und meinte, sie dürften keine Zeit verlieren.

Mit einem mulmigen Gefühl sah Ava Sari zu Kathrin Hansen hin. Ihre Chefin kam ihr instabil vor, etwas, das sie an ihr nicht kannte.

»Kathrin, ich kann dich zur Klinik begleiten, hier ist sowieso gleich Schluss«, meinte sie besorgt.

»Danke, Ava, aber das geht schon. Sobald ich Näheres weiß, schicke ich euch eine App.«

2. KAPITEL

Da Friedrichs auf die Schnelle noch etwas zu erledigen hatte, traf Maike Jansen ihn kurze Zeit später an der Mutter-Kind-Klinik. Im Eiltempo fuhren sie bis zum Strandzugang Flinthörndeich. Mit den Gedanken bei Hindrik, stellten sie die Räder ab und blickten hinunter zum Strand. Irgendwie kam Maike Jansen mit der Vorstellung, dass Hindrik dort überfallen sein sollte, nicht klar. Nachdenklich blickte sie zu den Menschen hin, die sich entlang der Wasserlinie tummelten, beobachtete Kinder, die im Sand buddelten, während andere sich kreischend in die heranbrausenden Wellen warfen.

Zweifelnd schüttelte sie den Kopf.

»Olli, ich kann mir einfach nicht vorstellen, dass Hindrik dort unten am Strand zusammengeschlagen wurde, in Gegenwart all der Menschen, das wäre doch bemerkt worden.«

Mit zusammengekniffenen Augen betrachtete sie die Dünenlandschaft, ihre Blicke folgten den Einbrüchen, die teilweise weit in die Dünen hineinreichten. Von oben waren Vertiefungen zu sehen und ihr Blick blieb an etwas Rotes in einer dieser Senkungen hängen.

»Olli, hast du dein Fernglas dabei?«, fragte sie und nahm die Stelle näher in Augenschein.

»Ich glaube, ich habe hier was«, meinte sie nach einer Weile.

»Könnte ein Stück Stoff, Kunststoff oder Ähnliches sein, auf jeden Fall etwas, das nicht in die Dünen gehört. Wir sehen uns das mal an.«

Während sie den Strandzugang hinunter stapfte, ließ sie die angepeilte Stelle nicht aus den Augen. Nach einigen Minuten erreichten sie einen Düneneinschnitt und Maike Jansen war sich sicher, genau in dieser Falte das rote Etwas gesehen zu haben. Langsam, den Boden stetig im Blick, ging sie in die Dünen hinein und glaubte schon sich geirrt zu haben, als eine langgestreckte Mulde sich vor ihr auftat. Ringsum abgeschirmt durch hohes Dünengras, war es ein geradezu idyllisches Plätzchen. Wenn es da nicht das Verbot gäbe, die Dünen nicht betreten zu dürfen. Beim näheren Herangehen erkannte Maike Jansen ein

Stoffende, das im Wind flatterte. Kaum erkennbar, wurde der Rest des Textils von Sand bedeckt. Ein nicht ungewöhnlicher Fund, in den Dünen sammelten sich gerne vom Sturm angewehte Utensilien. Schon wollte Maike Jansen sich die Fundstelle näher ansehen, als Friedrichs sie zurückhielt.

»Warte«, sagte er und betrachtete aufmerksam die sandige, mit Bodenflechten durchzogene Erde. Er bemerkte niedergedrücktes Kriechgewächs und abgeknickte Zweige an einigen Wildrosensträuchern. Eindeutig menschliche Missachtung gegenüber der geschützten Natur.

»Maike, hier müssen vor kurzem Leute gewesen sein«, meinte er. »Die Frage ist, was sie hier gemacht haben.«

Jetzt bemerkte auch Maike Jansen, was er meinte und musste an Hindrik denken. An dieser Stelle könnte es passiert sein, schoss es ihr durch den Kopf. Hier könnte man über ihn hergefallen sein, ohne dass es jemand mitbekommen hätte.

»Olli, kannst du dir vorstellen, dass Hindrik hier in Schwierigkeiten geraten ist?«

Mit gerunzelter Stirn blickte Friedrichs sie an.

»Was sollte er hier gemacht haben? Hindrik würde nie so weit in die Dünen hineingehen. Du kennst ihn doch, er hält sich streng an die Vorschriften.«

»Es sei denn, etwas Gravierendes hätte ihn dazu veranlasst«, sinnierte Maike Jansen und ihr Blick blieb an dem roten Stoffende hängen. Sie schüttelte den Sand von dem Gewebe und hielt ein leuchtend rotes Halstuch in der Hand. Zweifellos das Tuch einer Frau. Kritisch betrachtete sie es von allen Seiten und schätzte, dass es relativ neu sein müsste. Kaum getragen, vielleicht gerade mal zu einem Spaziergang am Strand. Jedenfalls sah es nicht danach aus, als wenn es vom Sturm gebeutelt worden wäre. Ehe sie gedanklich tiefer eintauchen konnte, hörte sie, wie Friedrichs überrascht »was ist das denn?«, von sich gab. Sie blickte zu ihm hin und sah, wie er mit gespreizten Fingern etwas von der Erde aufhob.

»Was hast du da Spannendes?«, meinte sie, trat näher an ihn heran und starrte auf die Spritze, in der sich der Rest einer glasklaren Flüssigkeit befand. Auf dem Spritzenkonus steckte eine verbogene Kanüle.

»Verdammt, das sieht danach aus, als ob sich hier Junkies herumgetrieben haben«, knurrte

Friedrichs. »Und einige Meter weiter spielen Kinder, das darf doch nicht wahr sein.«

Maike Jansen nahm ein Papiertaschentuch, legte vorsichtig die Spritze hinein und betrachtete sie aufmerksam. Während ihrer Studienzeit hatte sie bei den Johannitern als Pflegehelferin gejobbt und oft genug zugesehen, wie ihre Kollegen den Patienten Spritzen setzten. Das Ding in ihrer Hand war von der gleichen Herstellerfirma und die Kanüle ebenfalls ein medizinisches Markenprodukt. Doch dann war da die Restflüssigkeit in der Spritze.

»Olli, ich weiß nicht«, meinte sie, »kannst du dir vorstellen, dass ein Junkie freiwillig auf den Rest seines Stoffs verzichtet? Stoff, der für ihn der Himmel auf Erden bedeutet und dazu noch richtig Kohle kostet? Ich tue mich da schwer.«

»Stimmt, aber was könnte es sonst für eine Erklärung geben? Vielleicht ein Urlauber mit Diabetes, der sein Insulin brauchte?«

»Nein, eine Insulinspritze sieht anders aus, die ist dünner und länger«, stellte Maike Jansen klar. »Hier hat sich was anderes abgespielt und ich werde das Gefühl nicht los, dass es mit dem Überfall auf Hindrik zu tun hat. Wir müssen dringend mit ihm reden.«

Beklommen zog sie ihr Handy aus der Tasche und wählte die Nummer von Kathrin Hansen.

Sie fühlte sich elendig, kaputt, konnte alles noch nicht fassen. Nach einer zermürbenden Stunde in der Notfall-Klinik ist sie wie betäubt nach Hause gefahren. Die Ärzte hatten sie informiert, dass es Hindrik den Umständen entsprechend gut ginge. Diagnose: Zwei angeknackste Rippen, Bruch des rechten Arms, Prellungen im Gesicht. Innere Verletzungen konnten keine festgestellt werden. Wenigstens eine gute Nachricht. Kathrin Hansen stöhnte auf, ging auf die Terrasse und blickte auf das Meer. Ein Anblick, der sie sonst in eine entspannte Stimmung versetzte. Heute konnte sie ihm nichts abgewinnen. Ihre Gefühle waren wie abgestorben. Schließlich gab sie sich einen Ruck. So ging das nicht, sie musste sich zusammenreißen. Hindrik brauchte sie, jetzt musste er sich mal an sie anlehnen können.

Doch da baute sich etwas in ihr auf.

Wut.

Wut auf die Täter, die über ihn hergefallen sind. Und wie Maike Jansen ihr vor wenigen Minuten mitgeteilt hatte, glaubte sie die Stelle des Überfalls gefunden zu haben. Nach ihrer

Meinung könnte es dort einen Vorfall gegeben haben, der Hindrik zum Eingreifen veranlasst hatte. In dieser Richtung konnte sich Kathrin Hansen überhaupt nichts vorstellen. Was konnte geschehen sein, wodurch ihr Lebensgefährte in eine gefährliche Situation geraten war?

Eine Situation, aus der er nicht mehr herauskam und zusammengeschlagen wurde. Blitzartig wurde ihr bewusst, dass es Hindrik hätte schlimmer treffen können, dass er jetzt schon nicht mehr am Leben sein könnte. Sie merkte, dass dieser Gedanke sie etwas beruhigte und beschloss ausgiebig zu duschen und früh ins Bett zu gehen.

3. KAPITEL

Ruhelos schritt Bahira Amana durch das kleine Zimmer. Es musste etwas passiert sein, Ceylin hätte längst zurück sein müssen. Anna, ihre Betreuerin, hatte Ceylin mitgenommen, um sie für den Strand einzukleiden. Badesachen. Dinge, die sie in ihrem bisherigen Leben nicht kennengelernt hatte.

Danach käme sie, Bahira, an die Reihe.

Zuerst war sie enttäuscht gewesen, dass sie nicht mitgehen konnte, verstand dann aber das Argument von Anna, dass sie nicht mit zwei auffallenden Schönheiten durch Langeoog promenieren wollte. Sie müssten sich weiterhin in Zurückhaltung üben. Ihre Zeit, sich unbeschwert in der Öffentlichkeit zeigen zu können, würde noch kommen, so Anna. Dazu gehörte, dass sie die beantragten Aufenthaltspässe in ihren Taschen hatten.

Nein, zum Shoppen eine nach der anderen, hatte Anna bestimmt und Bahira hatte es dann auch verstanden. Sie und Ceylin hatten Vertrauen zu Anna und Lorenz gefasst. Ihre ständigen Begleiter, die sie in dem Auffanglager an der österreichischen Grenze angesprochen und ihnen einen Job angeboten hatten. Einen Traumjob in einer seriösen Agentur in Deutschland. Seitdem hatten die beiden sich um alles gekümmert.

Anfangs waren Bahira und ihre Freundin extrem misstrauisch gewesen, allzu oft hatten sie gehört, dass die Not der Flüchtlinge ausgenutzt wurde. Erst gab es verlockende Versprechungen und am Ende wurden sie zur Prostitution gezwungen oder landeten auf der Straße im Drogenmilieu.

Ceylin hatte die meiste Angst gehabt.

Ihre ältere Schwester Aga war ein Jahr vorher aus Syrien geflüchtet. Nach monatelanger Flucht hatte sie gemailt, dass sie es über die deutsche Grenze geschafft hätte und alles sei gut. Ceylin sollte sofort nachkommen. Doch dann hatte Ceylin nichts mehr von ihrer Schwester gehört. Alle Nachforschungen liefen ins Leere. Auch ein Grund, warum sie nach Deutschland wollte. Sie musste Aga finden.

Auf der Flucht wurden ihnen dann die Ausweise und Handys gestohlen, für Bahira und Ceylin eine Katastrophe. Sie konnten sich nicht mehr ausweisen, ein nicht absehbares Warten und die Abschiebung standen ihnen bevor. Dass sie aus einem Kriegsland geflüchtet waren, hätte man ihnen glauben können oder auch nicht.

Das Jobangebot war die Chance, in das gelobte Deutschland zu kommen, und das Angebot war überzeugend. Anna und Lorenz hatten klipp und klar erklärt, dass sie für eine Kölner Escort Agentur Mitarbeiterinnen suchten. Ausgesuchte Damen, die bereit waren, reiche Geschäftsleute zu Meetings, Messen oder gesellschaftlichen Verpflichtungen zu begleiten. Damit sie mit einer jungen Schönheit glänzen konnten, waren diese Leute bereit, horrende Honorare zu zahlen. Für Bahira und Ceylin hieße das pro Tag bis zu eintausend Euro.

Für jeden.

Ohne Sex. Sollten sie mit den Kunden ins Bett steigen, wäre das ihre Sache. Aber auch ihr Risiko. Gäbe es Schwierigkeiten, flögen sie aus der Agency raus. Auf ihre Frage, wieso Anna und ihr Kollege ausgerechnet in dem Auffanglager nach Mitarbeiterinnen suchten, hatten diese erklärt, es ginge um Sprache, Bildung und Aussehen. Gerade die sagenhaft

Reichen aus Arabien und den Anrainerstaaten legten Wert auf Frauen aus ihrer Welt. Frauen, die ihre Sprache und Sitten beherrschten und dazu außergewöhnlich gut aussahen.

Für Bahira und Ceylin klang das plausibel und zu verlockend, um nein sagen zu können.

Bahira war in ihrer Heimatstadt Hama Fremdenführerin gewesen, hatte Erfahrung mit Europäern gesammelt und zu Anna und Lorenz schließlich Vertrauen gefasst.

Es war dann auch alles glattgelaufen.

Mit den Deutschen waren sie in einer schicken Limousine bis in den Norden ans Meer gefahren und dann auf dieser Insel gelandet. Immer hatte eine gute Stimmung zwischen ihnen geherrscht, ohne Anzeichen, dass etwas nicht stimmte. Auf der Insel bezogen sie ein am Rande des Ortes gelegenes altes Kapitänshaus, das als Schulungs-Center diente, so hatte Anna ihnen erklärt. Hier wurden sie auf alles vorbereitet, was sie für ihre zukünftigen Verpflichtungen als Begleiterinnen anspruchsvoller Kunden wissen mussten. Wie sie sich zu verhalten hatten, Umgang mit der Gesellschaft, Auftreten in der Öffentlichkeit, Pflege ihres schönen und eleganten Aussehens bis hin zu Tipps, wie sie sich die Herren vom Leibe halten konnten, ohne sie zu vergraulen.

Nach der Schulung würden sie in Köln, in der Messestadt, gemeinsam ein Appartement beziehen. Bedingung: Herrenbesuche, auch private, waren dort strikt verboten. Ihnen kam das vor wie in einem Märchen, sie waren mit allem einverstanden.

Doch nun kam Ceylin nicht zurück.

Besorgt blickte Bahira zwischen den Scheibengardinen nach draußen. Die Sonne näherte sich dem Horizont und sie sah im Ort vereinzelt Lichter angehen. Um sie herum war alles totenstill. Gerade wollte sie sich aufs Bett legen, als sie hörte, dass die Eingangstür aufgeschlossen wurde. Erleichtert atmete sie auf, verließ das Zimmer und ging die Treppe hinunter in die Diele. Als sie verinnerlichte, dass Anna sie kreidebleich anblickte, Lorenz mit gesenktem Kopf den Boden anstarrte, wurde ihr mit Entsetzen klar, dass Ceylin nicht zurückgekommen war.

Anna Wiesental bemerkte die Panik in den Augen von Bahira und packte sie sanft am Arm.

»Wir müssen reden«, sagte sie und dirigierte Bahira zu einer kleinen Sitzecke. Fieberhaft überlegte sie, wie sie das Fehlen von Ceylin erklären sollte. Sie war verantwortlich für

Ceylin, sie hätte nicht von ihrer Seite weichen dürfen.

Durchdringend sah Bahira ihre Betreuerin an.

»Wo ist Ceylin?«

»Wir wissen es nicht.

Ceylin ist nicht zurückgekommen.«

Bahira sprang auf, fasste Anna Wiesental an den Schultern und schüttelte sie heftig.

»Was redest du da, nicht zurückgekommen, Ceylin käme immer zurück, sie würde nie alleine weggehen.«

Behutsam nahm Anna Wiesental die Hände von ihren Schultern und drückte die junge Frau in das Leder der Couch.

»Und doch ist es so.

Nachdem wir für Ceylin die Strandsachen gekauft hatten, wollte sie diese unbedingt anprobieren.

Am Strand.

Alleine.

Sie wollte testen, ob der Bikini nicht zu viel von ihr preisgeben würde. Ich habe ihr gesagt, dass das keine gute Idee sei. Besser wäre es, sie würde warten, bis auch du deine Sachen hättest und ihr dann gemeinsam euer Stranddebüt geben könntet. Doch sie wollte nichts davon wissen. Sie müsste erst damit klarkommen, sich halbnackt in der Öffentlichkeit zu zeigen, meinte sie. Und das könnte sie nur, wenn sie alleine wäre. Schließlich haben wir uns darauf geeinigt, dass sie sich am Strand in der Nähe der Mutter-Kind-Klinik eine ruhige Ecke suchen sollte. Dort würde sie kaum auffallen. Lorenz und ich wollten in der Zeit ein paar Kleinigkeiten einkaufen und sie dann am Strand wieder abholen.«

Verzweifelt sah Anna Wiesental der Schönheit ihr gegenüber in die Augen.

»Als wir zurückkamen, war Ceylin nicht da. Ich war wütend, weil ich sie gebeten hatte, unbedingt auf uns zu warten. Nun, wir dachten, dass sie zum Schulungs-Center zurückgelaufen ist und haben Mia unsere Köchin angerufen. Sie hätte Ceylin ins Haus lassen müssen.

War aber nicht so.

Lorenz und ich bekamen Panik. Kilometerweit haben wir nach beiden Richtungen den Strand nach Ceylin abgesucht, doch keine Spur.«

»Das glaube ich nicht.«

Bahira sprang auf.

»Nie wäre Ceylin, ohne mir etwas zu sagen, weggegangen. Und wo sollte sie hier auf der

Insel auch hin? Wir müssen sofort die Polizei verständigen.«

»Nein!«

Energisch stellte sich Anna Wiesental vor Bahira.

»Ihr habt noch keine Aufenthaltspässe, für die Polizei seid ihr Illegale, du würdest in irgendein Lager abgeschoben.

Willst du das?«

In Bahira arbeitete es, ihre Vergangenheit schlich sich in ihre Gedanken, sie hatte geglaubt, sie hätte es geschafft. Furcht überfiel sie. Schließlich schüttelte sie den Kopf.

»Natürlich will ich nicht abgeschoben werden, aber was können wir tun?«

»Wir können nur abwarten. Ich rufe meine Chefin an, sie wird uns sagen, was wir machen sollen.«

Schwer atmete Anna Wiesental durch.

»Hoffentlich schmeißt sie mich nicht raus. Ich hätte Ceylin nicht erlauben dürfen, alleine an den Strand zu gehen.«

»Wenn sie dich rausschmeißt, gehe ich mit dir«, murmelte Bahira und ging wie in Trance zu ihrem Zimmer.

4. KAPITEL

Noch bevor die Melodie des Handys sie weckte, wurde Kathrin Hansen wach. Nicht ganz in der Wirklichkeit angekommen, tastete sie wie gewohnt mit der Hand nach ihrem Lebensgefährten. Anstatt Hindriks Körper spürte sie an diesem Morgen kaltes, unbenutztes Laken. Mit einem Ruck fuhr sie hoch und ihr schlug die Erkenntnis wie ein eisiger Ostwind entgegen.

Hindrik!

Sofort standen ihr die letzten Momente, die sie auf der Intensivstation verbracht hatte, vor Augen. Hindrik, wie er regungslos im gesicherten Krankenbett lag. Ich muss sofort anrufen, fuhr es ihr durch den Kopf und sie langte zum Handy.

»Rufen Sie bitte in einer Stunde wieder an«, hörte Kathrin Hansen die Schwester sagen. »Dann ist der Oberarzt da. Doch so viel vorweg: Ihr Lebensgefährte hatte eine ruhige Nacht und die Werte sehen alle gut aus.«

Erleichtert bedankte sich Kathrin Hansen, beendete das Gespräch und blickte auf die Uhr. Nochmals würde sie nicht anrufen, sondern direkt in die Klinik fahren. Um in die Pötte zu kommen, brauchte sie vorher einen starken Kaffee. Großzügig gab sie mehr als gewöhnlich Kaffeepulver in die Filtertüte und während die Kaffeemaschine lief, ging sie ins Bad. Ausgiebig duschte sie und erst der Anrufsong des Handys beendete das wohltuende Gefühl der rieselnden Wärme auf ihrem Körper.

»Kathrin«, Ava Sari hörte sich besorgt an, »ich habe hier eine Meldung von einem Feriengast. Wolf Fischer, so heißt der Mann, war heute früh in der Nähe der Flinthörndünen am Strand und ist dort an dem neu gebauten Strandhaus vorbeigekommen. Er meldet, dass aus dem Gebäude ein ekelhafter Gestank austritt.«

»Aber das Strandhaus ist doch noch gar nicht offen«, meinte Kathrin Hansen überrascht. »Soviel ich weiß, sind die Handwerker noch bei der Installation der Sanitäranlagen.«

»Laut diesem Herrn Fischer waren da keine Handwerker, zumindest hat er keine gesehen«, erklärte Ava Sari.

»Hat der Mann denn mal nachgesehen, was den Gestank verursacht haben könnte?«

»Nein, er wollte sich nicht den Tag verderben und hat uns angerufen.«

»Okay.

Ava, ich bin gleich zu Hindrik hin, Olli und Maike sollen sich das mal ansehen. Vielleicht ist ja Schmutzwasser hochgekommen. Wenn nötig, sollen sie die Jungs vom Bauhof benachrichtigen.«

»Geht klar. Kümmere du dich um Hindrik und sag uns bitte nur kurz Bescheid, wie es ihm geht.«

»Klar, ich melde mich.«

Mit Friedrichs an ihrer Seite stapfte Maike Jansen durch den Sand auf das Strandhaus zu. Besorgt blickte sie sich um, ob noch andere Personen in der Nähe waren, es musste ja nicht jeder mitkriegen, dass etwas nicht in Ordnung war. Doch weit und breit war kein Mensch zu sehen. In dieser Ecke trudelten die Feriengäste etwas später ein. Sie selbst hatte sich das neu gebaute Strandhaus noch nicht genauer angesehen, hatte aber gehört, dass es einen

Umkleide- und Sanitärbereich für Damen und Herren geben sollte. Direkt nobel. Und eine separate Ecke für das Wechseln von Windeln wäre auch vorgesehen. Wie schon immer auf Langeoog, hatten bei der Planung die Bedürfnisse der Familien im Vordergrund gestanden. Noch vor Beginn der ersten großen Sommerferien sollte das Schmuckstück eröffnet werden.

Bereits einige Meter vor dem Gebäude bemerkten sie den durchdringenden Geruch.

»Stinkt ja widerlich«, raunzte Friedrichs und hielt sich die Nase zu. Aufmerksam betrachtete Maike Jansen die Außenanlage. Alles war trocken, Flüssigkeiten waren aus dem Gebäude keine ausgetreten und auch sonst bemerkte sie nichts Auffälliges. Nur ein Entsorgungssack der Handwerker lehnte an der Hauswand neben dem Eingang.

Eigentlich hatte Maike Jansen keinen Bock darauf, etwas zu sehen, das ihr den Tag vermasseln würde, aber es half nichts, sie mussten wissen, was los war.

»Okay, sehen wir uns die Hütte mal an«, meinte sie wenig begeistert. Auf Unangenehmes gefasst, öffnete sie die Außentür und bereute augenblicklich, dass sie keinen Mundschutz mitgenommen hatte. Sie versuchte gegen die aufkommende Übelkeit anzukämpfen und warf einen besorgten Blick zu Friedrichs hin.

»Olli, ich glaube, wir kriegen es gleich dicke«, presste sie heraus und stieß die Tür zum Umkleidebereich der Damen auf.

Wie angeschossen blieb Maike Jansen stehen. Entsetzt starrte sie auf den blutüberströmten Körper auf einer der Holzbänke. Arme und Beine der Toten waren durch Bänder an die Holzleisten fixiert, die weit aufgerissenen Augen starrten ausdruckslos gegen die Decke. Blutspritzer hatten sich zu bizarren Mustern auf den Wänden gebildet.

Wie hypnotisiert erfasste Maike Jansen die Szene. An dem tiefen Schnitt entlang der Halsschlagader des Opfers blieb ihr Blick hängen.

»Olli, halt mich fest.«

Mehr brachte sie nicht heraus.

5. KAPITEL

Besorgt betrachtete sie ihre Chefin. Kathrin Hansen wirkte zerstreut, ruhelos. Etwas, das man an ihr nicht kannte. Maike Jansen konnte es ihr nachfühlen. Hindrik würde in den nächsten Stunden wieder ansprechbar sein, aber damit war es ja noch nicht getan. Noch war ungewiss, ob Hindrik mit der Spritze, die in den Dünen gefunden wurde, gestochen wurde, ob die Kanüle mit dem Blut eines infizierten Junkies kontaminiert war. Schlimmstenfalls mit HIV. Es fehlten die endgültigen Ergebnisse der laufenden Tests, und bis die vorlägen, konnte es noch eine Weile dauern.

Plötzlich empfand Maike Jansen das frisch renovierte Dienstzimmer bedrückend. Am liebsten wäre sie jetzt am Strand und würde sich den Frust von der Seele laufen. Stattdessen sah sie ihre Kollegen an und fuhr den Laptop hoch.

»Also Leute«, begann sie.

»Wir haben zwei Fälle.

Einmal den Überfall auf Hindrik, und dann den gewaltsamen Tod der jungen Frau. Möglicherweise hängen beide Geschehnisse zusammen.

Fangen wir mit Hindrik an.

Es kann folgendermaßen gelaufen sein: Hindrik war joggen, und während er auf dem Flinthörndeich sein Pensum absolvierte, sah er von dort oben, dass in den Dünen etwas vor sich ging. Etwas, das nicht in Ordnung war. Wenn ich sage in den Dünen, meine ich die Stelle, wo wir das rote Halstuch gefunden haben, wo die Kriminaltechnik Spuren gesichert hat. Auf jeden Fall muss sich etwas so Krasses abgespielt haben, das Hindrik geglaubt hat, er müsste eingreifen, müsste helfen.

Er ist zu dem Geschehen hin, wurde in eine Konfrontation verwickelt, die in einen Angriff auf seine Person ausartete. Obwohl schwer angeschlagen, hat er es bis zum Strand geschafft. Dort hat er das Bewusstsein verloren. Aus Angst, dass sie gesehen werden könnten, haben die Täter sich nicht weiter mit ihm beschäftigt. Ich sage bewusst Täter, weil ich mir nicht vorstellen kann, dass eine einzelne Person Hindrik so übel mitgespielt hat. Er ist ja nun nicht gerade ein Weichei. Jetzt müssen wir abwarten, ob Hindrik die Täter beschreiben kann.«

Tief atmete die junge Kommissar Anwärterin durch.

»Kommen wir zu dem Mordopfer.

Eine Frau, etwa Anfang dreißig.

Die Tote hat noch keine Identität. Ich würde vorschlagen, wir nennen sie unsere Schöne. Denn sie war eine wirkliche Schönheit. Sonja Klaes, die Pathologin meinte, dass sie noch nie einen so perfekten Körper auf ihrem Tisch gehabt hätte. Sie ist sich sicher, dass die Frau aus dem Nahen Osten stammt. Syrien, Libanon, Iran. Zumindest sprechen ihre physiologisch-biochemischen Merkmale dafür. Vor ihrem Tod wurde unsere Schöne brutal geschlagen und vergewaltigt.«

Aufgewühlt, trank Maike Jansen einen Schluck Wasser. Die Vorstellung des Geschehens setzte ihr mächtig zu.

Doch es musste weiter gehen.

»Das Opfer war bis dahin eine Unberührte, so heißt es in der muslimischen Welt«, fuhr sie fort. »Heißt: Sie hatte mit noch keinem Mann geschlafen.«

»Oh, mein Gott.«

Ava Sari, die zierliche Thailänderin, schlug die Hände vor das Gesicht. Die Vorstellung traf sie ins Herz.

»Auf dem rechten Unterarm des Opfers hat sich ein Hämatom gebildet, laut der Pathologin verursacht durch eine grob gesetzte Spritze. Was genau injiziert wurde, wird das Laborergebnis zeigen.«

Laborergebnis!

Maike Jansen musste sich zusammenreißen, um nicht ihre Chefin anzublicken. Sie ahnte, dass in Kathrin Hansen bedrückende Vorstellungen tobten.

»Getötet wurde die Frau durch einen tiefen Schnitt entlang der Halsschlagader. Sie ist ausgeblutet, hatte keine Chance zu überleben.«

Mit gefurchter Stirn blickte Maike Jansen die Kollegen an.

»Und jetzt Leute, die ganz großen Fragezeichen:

Wer ist diese Frau?

Woher kam sie?

Was hat sie auf der Insel gemacht?

Im Strandhaus wurden keine Kleidungsstücke gefunden, die Täter haben sie mitgenommen oder verbuddelt. Selbstredend gibt es auch keine Papiere oder ein Handy. Wir haben nur das rote Halstuch, es wird sich zeigen, ob es der Toten gehörte. Ansonsten müssen wir das endgültige Ergebnis der Obduktion abwarten.«

Kathrin Hansen, die sich im Hintergrund gehalten hatte, nahm einen Farbausdruck vom Tisch und betrachtete ihn eingehend. Sie musste der Pathologin zustimmen, die Tote war eine attraktive Schönheit gewesen und es war schwer vorstellbar, dass eine solche Frau noch keinen Mann gehabt hatte.

»Leute«, sie hielt das Foto hoch, »nehmen wir einmal an, diese Frau war keine klassische Urlauberin, sondern eine Migrantin. Möglicherweise kam sie aus einem Kriegsgebiet, ist geflüchtet, dann müsste sie irgendwo erfasst, registriert worden sein. An einer Grenzkontrollstelle, in einem Auffanglager, bei einer Behörde. Wenn in den nächsten Stunden keine Vermisstenmeldung eingeht, werden wir dort ansetzen.«

Bevor sie weiter ins Detail gehen konnte, meldete sich ihr Handy.

»Heidkamp. Ich habe Neuigkeiten.«

Toll, fuhr es Kathrin Hansen durch den Kopf, noch knapper geht es ja nicht. Sie koppelte ihr Handy über Bluetooth mit dem Lautsprecher auf dem Tisch und war gespannt, was ihr Chef loswerden wollte.

»Doch zuerst«, schob Heidkamp besorgt nach, »wie geht es Hindrik?«

Sie informierte ihn über ihren Besuch am Morgen in der Klinik und dass sie jede Stunde damit rechnen würde, dass Hindrik wieder ansprechbar sei.

»Nun dränge ihn mal nicht wegen seiner Aussage«, schnarzte Heidkamp. »Lass ihm Zeit, erst mal zu sich zu kommen.«

Da Kathrin Hansen wusste, dass Hindrik für ihren Chef mehr als nur der Lebensgefährte seiner Hauptkommissarin war, sah sie ihm seine Laune nach. Seit der Kriminalrat von dem Überfall auf Hindrik erfahren hatte, lief er wie aufgedreht herum, hatte seine Frau in einem Telefonat Kathrin Hansen anvertraut. Für die Heidkamps war Kathrin Hansen so etwas wie ein Familienmitglied. Ihr Vater war ein Freund des Kriminalrats gewesen, nach seinem Tod hatte Dr. Heidkamp sich für sie verantwortlich gefühlt. Und als sie Hindrik kennen und lieben lernte, gehörte er dazu. War der Kriminalrat außer Dienst auf Langeoog, gingen die beiden Männer oft zusammen ein Bierchen trinken oder spielten eine Runde Golf. Zwischen ihnen stimmte die Chemie. Etwas, worüber Kathrin Hansen sehr glücklich war.

»Wie war das mit den Neuigkeiten?«, brachte sie ihren Chef wieder in die Spur. Sie hörte ein lautes Schlürfen, verdrehte die Augen und betete, dass der Kriminalrat nicht auch noch anfing, mit seinem Tee zu gurgeln. Einer seiner besonders nervenden Gewohnheiten.

»Syrien!

Die Tote stammt aus Syrien«, brachte er schließlich heraus. »Ceylin Siham, so heißt sie nach eigenen Angaben, wurde vor einer Woche in einem Auffanglager an der österreichischen Grenze registriert. Papiere hatte sie keine, die wurden ihr angeblich auf der Flucht gestohlen. Kann man glauben oder auch nicht. Jedenfalls bekam sie für das Lager eine vorläufige Aufenthaltserlaubnis. In der Zeit wollten die Behörden ihre Angaben überprüfen.«

Heidkamp stöhnte.

»Was für ein Schwachsinn, wie sollte das denn vonstattengehen. Syrien ist ein Trümmerhaufen, dort wird sich nicht mal mehr ein Stempel finden, mit dem jemals ein Ausweis gestempelt wurde.«

»Aber das ist doch schon mal was«, warf Kathrin Hansen ein. »Die Frau wird sich im Lager mit anderen Flüchtlingen unterhalten haben, über ihre Herkunft, über die Umstände ihrer Flucht, was sie vorhatte. Da können wir einhaken.«

»Schön wäre es, doch dem Bericht zufolge ist sie zwei Tage nach ihrer Registrierung aus dem Lager verschwunden.

Spurlos.

Ohne Abmeldung.«

Es blieb einen Moment still in der Runde. Sie stellten sich so ein Auffanglager vor, streng bewacht, abgesichert durch einen hohen Zaun.

»Wie kann das denn gelaufen sein?«, brachte Friedrichs es auf den Punkt. »So mir nichts, dir nichts sich aus einem gesicherten Lager über die Grenze absetzen, dürfte kaum möglich sein.«

»Da tun sich einige Dinge auf«, erwiderte Heidkamp. »In so einem Lager sind viele Helfer, ehrliche, zuverlässige Leute, die nur das Wohl der Hilfsbedürftigen im Auge haben. Es gibt aber auch andere, die auf der Suche nach verdächtigen Personen sind. Denkt mal an die Geheimdienste, die hinter jedem Flüchtling einen Terroristen vermuten.«

»Sie glauben, dass die Tote eine Terroristin war?«, warf Maike Jansen ein.

»Nicht unbedingt. Oft läuft es genau umgekehrt. Geeignete Personen werden sondiert, rekrutiert und im Netzwerk der

Spionage eingesetzt. Doch da gibt es noch andere Möglichkeiten. Große Mode Labels zum Beispiel durchstöbern gerne den riesigen Pool der Flüchtlinge, um an ausgefallene Models zu kommen. Auf die Tour sparen sie einen Haufen Geld für teure Castings und diesen ganzen Zirkus. Oder Hightech Unternehmen sind auf der Jagd nach intelligenten Köpfen, die sie für sich gewinnen können. Für die Bluthunde dieser Unternehmen ist es kein Problem, die ausgesuchte Person aus dem Lager zu schaffen. Mit Geld lassen sich bekanntlich alle Tore öffnen.

»Aber das muss doch auffallen«, äußerte sich Maike Jansen zweifelnd.

»Bei Hunderten, oft Tausenden von Menschen in einem Lager?

Vergessen Sie es!«

Als Bestätigung verging sich der Kriminalrat so lautstark an seinem Tee, dass Maike Jansen ein »Hilfe, nicht schon wieder«, losließ.

Einen Moment blieb es still in der Runde, sie hingen ihren Gedanken nach, stellten sich vor, aus welchem Grund die Tote das Lager verlassen haben könnte. Von welchen Leuten sie angesprochen worden war. Bei dem umwerfenden Aussehen der Frau könnte der

Kriminalrat bezüglich Headhunter einer Mode Firma, richtig liegen.

Doch dann nach Langeoog?

Auf eine Insel, die von Feriengästen lebt, eine Insel, die nicht gerade im Fokus der Glamour Welt steht. Unruhig trommelte Kathrin Hansen mit den Fingerspitzen auf den Tisch, ihre Gedanken wanderten zu Hindrik hin, sie musste in die Klinik, musste sehen, ob er wieder ansprechbar war. Doch erst hieß es ihre Truppe auf Trapp bringen. Ihr schoss das Bild durch den Kopf, wie die Frau in dem Strandhaus lag.

Nackt, auf einer Holzbank, gefesselt.

Vergewaltigt.

Getötet.

Wahnsinn, nicht auszudenken, wenn die Mörder sich an Feriengästen heranmachen würden.

»Okay«, sagte sie entschlossen. »Wir haben den Namen der Toten, vielleicht war Ceylin Siham ja eine öffentlich bekannte Person, oder sie war in den Social Medien aktiv.

Was ich aber nicht glaube.

Also müssen wir das Pferd von hinten aufzäumen. Ich gehe davon aus, dass die Frau nicht alleine auf die Insel gekommen ist, dass sie in Begleitung der Person war, die sie, wie unser Chef so schön sagte, rekrutiert hat. Möglicherweise waren es mehrere Leute.«

Kathrin Hansen ging zu dem Flipchart, das sie jüngst gekauft hatte, weil sie die Papierkleberei auf dem Büroschrank satthatte. Oben am Kopf des Blattes schrieb sie horizontal über die Seite den Namen des Mordopfers und darunter zeichnete sie ein Viereck, in dem sie „Kontakte“ schrieb.

»Rechnen wir zurück: Vor einer Woche wurde die Frau an der österreichischen Grenze registriert, sie blieb zwei Tage im Lager und tauchte dann unter. Gehen wir davon aus, dass ihre Kontaktperson direkt Langeoog angesteuert hat, setze ich für die Reisezeit zwei Tage ein. Spät abends und nachts geht ja keine Fähre vom Festland zur Insel.

Fazit: Ceylin Siham könnte bis zu ihrer Ermordung bereits drei Tage auf der Insel gewesen sein.«

»Scheiße«, warf Maike Jansen in den Raum, »wenn sie mit der Fähre gekommen ist, sind die Aufzeichnungen der Kameras am Hafen gelöscht. Wie bekannt, werden die Daten nur achtundvierzig Stunden gespeichert.«

Bestätigend nickte Kathrin Hansen.

»Trotzdem.

Bald werden wir es genau wissen. Maike, du und Olli seht euch die Aufzeichnungen an, ich habe bereits veranlasst, dass nichts mehr gelöscht wird, bis ihr die Freigabe dazu gebt. Und lasst euch am Flughafen eine Liste der Personen geben, die in dem Zeitfenster gelandet sind. Ava, du stöberst im Internet, in den sozialen Medien, ob die Frau bekannt ist.«

»Denken wir an den letzten Fall«, warf Heidkamp dazwischen. »Da kamen die Mörder klammheimlich auf die Insel.«

»Den Punkt übernehme ich«, antwortete Kathrin Hansen. »Doch das läuft mir nicht weg, zuerst werde ich nach Hindrik sehen.«

6. KAPITEL

»Sie wollen zu Herrn Dirksen?«

Schwester Lisa von der Intensivstation blickte Kathrin Hansen freundlich an.

»Sind Sie seine Frau?«

»Lebensgefährtin.«

»Dann habe ich eine gute Nachricht. Ihr Lebensgefährte hat sich so weit stabilisiert, dass wir ihn auf die Station 1.1 verlegen konnten. Er wird sich freuen, Sie zu sehen.«

Kathrin Hansen atmete auf.

Hindrik war über den Berg.

Er war wieder da.

Der Rest würde sich ergeben.

Leise klopfte sie an die Tür des Krankenzimmers, ging verhalten ins Zimmer und blieb überrascht stehen. Ihr Lebensgefährte saß doch tatsächlich im Bett und blickte sie strahlend an. Na ja, was man in seinem Zustand unter strahlend verstehen konnte.

»Das glaube ich jetzt nicht«, sagte sie, ging an das Bett und umarmte ihn vorsichtig. Sie fühlte den festen Verband um seine Rippen, bemühte sich, nicht an den Gips seines Armes zu stoßen, und mit einem Kuss war auch nichts. An seinem Kiefer trug er eine starre Fixierung. Sie konnte nicht anders und musste, so makaber es war, lauthals lachen.

»Hindrik, du siehst einfach klasse aus«, meinte sie, trat einen Schritt zurück und musterte ihn.

»Danke für dein Mitgefühl«, gab er mit einem schiefen Grinsen zurück. »Mir ist es auch noch nie besser gegangen.«

Sie reichte ihm die aktuelle Ausgabe von *Mare*, zog einen Stuhl ans Bett und setzte sich.

»Das du schon wieder so fit bist, damit hätte ich nun wirklich nicht gerechnet«, sagte sie. Dabei dachte sie an die noch ausstehenden Testergebnisse, befürchtete, dass es noch eine böse Überraschung geben könnte. Unwillig drängte sie den Gedanken zurück. Hindrik ging es einigermaßen gut, das war im Augenblick entscheidend. Doch sie wusste nicht, wie es in seinem Inneren aussah, ob er den Schock überwunden hatte.

»Wie geht es der Frau?«, fragte er besorgt.

Typisch Hindrik, wie immer dachte er zuerst an andere. Bedrückt blickte sie ihn an und schüttelte den Kopf.

»Sie hatte wohl keine Chance«, sagte sie leise.

Eine Weile blieb es zwischen ihnen still. Sie bemerkte, wie es in ihm arbeitete. Es bestärkte ihre Vermutung, dass er mit den Mördern des Opfers aneinandergeraten war. Doch eigentlich wollte sie jetzt nicht darüber reden, spürte aber, dass Hindrik etwas loswerden wollte.

»Du hast gesehen, was passiert ist?«

Nachdenklich nickte Hindrik.

»Es ist kaum zu glauben, dass bei uns auf der Insel sich so etwas abgespielt hat. Stell dir vor, ich laufe auf dem Flinthörn Damm und sehe, wie in den Dünen eine Frau von einem Mann massiv bedrängt wird. Er schlägt auf sie ein und die Frau stürzt zu Boden. Ich laufe vom Damm runter mitten durch die Dünen, um ihr zu helfen. Wie aus dem Nichts taucht ein zweiter Typ auf. Ohne ein Wort zu sagen, stürzt er sich auf mich. Ich hatte keine Chance. Mit solch einer Brutalität kann ich nicht umgehen, so etwas ist ja kaum vorstellbar. Zum Glück kam ich wieder auf die Beine und konnte zum Strand laufen, um Hilfe zu holen. Dann wurde es mir schwarz vor Augen und das war es. Alles ging so schnell, ich kann dir noch nicht mal sagen, wie die Täter ausgesehen haben.«

Kathrin Hansen bemerkte, wie Hindrik abbaute, und machte sich Vorwürfe, dass sie ihn belastet hatte. Trotzdem, etwas musste sie noch wissen.

»Kannst du die Frau beschreiben?

Ist dir etwas an ihr aufgefallen, verhielt sie sich merkwürdig?«

Grübelnd blickte Hindrik sie an und schüttelte den Kopf.

»Aufgefallen ist mir nur ihr langes, weißes Kleid. Ein ungewöhnlich langes Kleid, nicht gerade geeignet für den Strand. Sonst habe ich nichts registriert, wie gesagt, es ging alles sehr schnell.« Sanft legte Kathrin Hansen ihre Hand auf seinen Arm.

»Hindrik, das ist ja alles ganz furchtbar, aber jetzt müssen wir sehen, dass du wieder gesund wirst. Was haben die Ärzte gesagt, wie es bei dir aussieht?«

»Och«, Hindrik klopfte übermütig mit seinem Gipsarm auf die Bettkante, fasste sich an die Fixierung an seinem Kinn, drückte seinen Brustkorb heraus und meinte, dass er bald schon wieder mit ihr am Strand laufen könnte.

7. KAPITEL

Nachdem sie die Notfall-Klinik verlassen hatte, fiel Kathrin Hansen ein, dass in ihrem Kühlschrank gähnende Leere herrschte. Da Hindrik nicht da war, hatte sie ans Einkaufen nicht gedacht. Und so richtigen Appetit hatte sie eigentlich auch keinen. Das permanent flaue Gefühl in ihrem Magen wollte einfach nicht weichen. Doch so ging das nicht weiter, sie hatte einen Mord aufzuklären. Um wenigstens einen kleinen Anreiz fürs Abendessen zu verspüren, brauchte sie etwas Herzhaftes. Sie überlegte, ob sie zum Fischhändler fahren und sich dort etwas für die Pfanne holen sollte, entschied sich dann aber für etwas Schnelles. Matjes Brötchen und dazu ein alkoholfreies Bier würden es auch tun.

Als sie ihr Bike beim Fischhändler abstellte, sah sie ein bekanntes Gesicht.

Maartens, ehemaliger Chef der Hamburger Mordkommission, saß an einem Tisch und studierte die Karte. Ein Mann mit einem Netzwerk bis hin zum Bundeskriminalamt. Bei Bedarf hatte sie keine Probleme, dies schamlos auszunutzen. Zudem es Maartens zu genießen schien, dass er immer noch gefragt war. So hatten sie beide was davon. Er hatte sie bereits bemerkt und blickte ihr vergnügt entgegen.

»Schön Sie zu sehen«, sagte Maartens und zeigte auf einen freien Stuhl. »Ich hoffe, Sie haben Feierabend, und lassen mich meinen Fisch nicht alleine essen.«

Im Hinblick auf ihr angespanntes Nervenkostüm bestellte Kathrin Hansen einen Kräutertee mit Honig. Dabei entging ihr nicht, dass Maartens sie musterte. Ihm konnte sie nichts vormachen, sie kannten sich gut genug, um zu merken, wenn etwas nicht stimmte. Doch im Augenblick brauchte sie Abstand zu den weniger guten Dingen und brachte das Gespräch auf Maartens Frau Friederike. Eine pensionierte Lehrerin, die im Ruhestand ihr Glück in der Kunst gefunden hatte.

»Gestern war ich in der Buchhandlung und habe ein wunderschönes Wimmelbuch von Langeoog in der Hand gehabt«, äußerte sie sich begeistert.

»Autorin Friederike Maartens!

Dass Friederike solch einen Erfolg hat, freut mich besonders.«

»Bei der Herstellung des Buches finde ich bemerkenswert, dass Kinder der Inselkoje daran mitgearbeitet haben«, erklärte Maartens und blinzelte verschmitzt. »Friederike versteht es, Kids für kreative Arbeit zu begeistern. Da bricht dann die ehemalige Pädagogin bei ihr durch.«

»Eigentlich wollte ich gleich ein Buch mitnehmen, doch es war nur noch das Ansichtsexemplar da«, erklärte Kathrin Hansen. »Aber der Buchhändler legt mir ein Exemplar zurück.«

»Schön. Doch wie geht es Ihnen? Sie sehen mitgenommen aus.« Maartens blickte ihr fest in die Augen.

»Die Tote im Strandhaus?«

War ja klar, Maartens war wieder bestens informiert.

»Ach, Sie haben nicht wieder zufällig mit einem Ihrer Kumpels geklönt?«, meinte Kathrin Hansen schmunzelnd.

»Erwischt«, gab Maartens zu. »Aber nach der Anfrage der Wittmunder Dienststelle an das Bundeskriminalamt bezüglich der Identität der Toten, rief ein Bekannter mich an und wollte wissen, was hier auf der Insel los sei. Ob ich etwas wüsste. Doch das war es dann auch schon.«

Bereits in zurückliegenden Fällen hatte Maartens mit seinen weitreichenden Beziehungen bei der Aufklärung geholfen und Kathrin Hansen entschied spontan, ihn in den aktuellen Fall einzubeziehen. Sozusagen als zivilen Berater. Heidkamp würde bestimmt nichts dagegen haben. Er und Maartens kannten sich schon eine Ewigkeit, und sie hatte den Verdacht, dass die beiden immer noch hin und wieder gemeinsam an die eine oder andere Strippe zogen. Inoffiziell, verstand sich. Die alten Hasen ließen sich nicht gerne in ihre Karten blicken.

Nachdenklich sah sie Maartens an und überlegte, ob sie ihm von ihrer Sorge um Hindrik erzählen sollte. Von den düsteren Gedanken, die durch ihren Kopf geisterten. Doch sie entschied, ihn damit nicht zu belasten, nippte an ihrem Tee und stellte bedächtig die Tasse zurück.

»Ja, wir haben einen Mordfall.

Und was für einen.«

Präzise berichtete sie über den Mord an der jungen Frau und über das, was sie bisher ermittelt hatten. Ohne sie zu unterbrechen, hörte Maartens zu, nur als sie schilderte, dass dem Opfer die Halsschlagader aufgeschlitzt wurde, und dass die Tote vermutlich aus Syrien stammte, zuckte er zusammen. Blitzartig standen ihm blutige Szenen vor Augen, behielt die Gedanken aber für sich.

»Und wir wissen nicht, wie, und mit wem, Ceylin Siham, so heißt die Tote, auf die Insel gekommen ist«, erklärte Kathrin Hansen weiter.

»Meine Leute checken gerade die Überwachungskameras und die Flugliste. Aber«, verkniffen blickte sie Maartens an, »ich glaube nicht, dass dabei etwas herauskommt. Unserer Schätzung nach war die Tote bereits drei Tage auf der Insel, die Daten sind gelöscht, und dass sie eingeflogen wurde, kann ich mir nicht vorstellen.«

»Doch dass sie aus Syrien stammt, ist so gut wie sicher?« Bei Maartens hatte sich ein Gedanke eingenistet, den bekam er nicht mehr aus dem Kopf.

Unsicher zuckte Kathrin Hansen mit den Schultern.

»Wir haben nur die Angaben aus dem Auffanglager an der österreichischen Grenze, und diese hat die Tote selbst gemacht. Angeblich wurden ihr auf der Flucht die Papiere gestohlen. Laut der Pathologin würde von der Körperstruktur der Frau her, Syrien allerdings passen.«

»Für die Ermittlungen ein geradezu schlechter Ausgangspunkt«, brummte Maartens.

»Genau. Uns bleibt nur die Möglichkeit, herauszufinden, mit wem diese Frau auf die Insel gekommen ist. Bis dahin sollten wir zum Meeresgott beten, dass nicht noch ein weiterer Mord geschieht.«

Mechanisch nickte Maartens, ihm schossen Vorstellungen durch den Kopf, die ihn zunehmend beunruhigten. Und er spürte, dass sie ihm nicht alles gesagt hatte. Da war noch mehr, etwas, das an ihr nagte. Aber er wollte nicht nachhaken, es würde sie nur noch mehr aufregen. Seine Grübelei wurde von ihrem Handy unterbrochen und er registrierte, wie die Hauptkommissarin sich beim Gespräch versteifte.

»Aber, das hieße ja, dass noch eine weitere, uns nicht bekannte Person, hier auf der Insel sein könnte«, hörte er sie sagen. »Und auch sie könnte in Gefahr sein.«

Maartens bemerkte, dass ihre Stirn sich sorgenvoll in Falten legte und ahnte, dass es noch dicker kommen würde.

8. KAPITEL

Tief atmete Maike Jansen durch und erhöhte das Tempo. Sie konnte nicht schnell genug ihre Lungen mit der frischen Seeluft füllen, konnte nicht schnell genug den Frust des Tages aus ihrem Körper, aus ihren Gedanken herauspumpen. Friedrichs, der neben ihr am Oststrand lief, schien das Laufen ebenfalls zu genießen. Sie blickte zu ihm hin, und wieder einmal wurde ihr bewusst, wie glücklich sie war, dass sie ein Paar waren. Ihm konnte sie uneingeschränkt vertrauen, er war keiner von diesen Windhunden, die nur mit ihr in die Kiste steigen, ansonsten aber keine längere Bindung eingehen wollten. Friedrichs war ein Kind der Insel, solide, widerstandsfähig, ließ sich auch von einer Sturmflut nicht aus dem Gleichgewicht werfen. Dabei war er gefühlvoll und sensibel wie ein Deichschaf.

»Es sieht alles so friedlich aus, kaum zu glauben, dass wir bei unserem letzten Fall hier über ein Mordopfer gestolpert sind«, unterbrach er ihre Gedanken. »Bin ich froh, dass unsere Feriengäste davon nichts mitbekommen haben.«

Maike Jansen blickte zu den Badenden hin, die sich in die heranbrausenden Wellen warfen, beobachtete Kinder, die ganz in ihrem Element Wassergräben buddelten oder ihre kreative Ader beim Burgenbau entdeckten.

»Wäre nicht auszudenken gewesen, was bei Bekanntwerden der Morde alles hätte nachkommen können. Wer weiß, wie viele Urlauber es nicht mehr gewagt hätten, auf Langeoog ihre Ferien zu verbringen«, kommentierte sie. Sie nahm die Hand von Friedrichs und drückte sie.

»Aber nun haben wir die nächste Tote an der Backe. Olli, ein solch bestialisches Verbrechen, verübt in einem Strandhaus, das ist doch einfach nur irre.«

Eine Weile liefen sie schweigend an der Wasserlinie entlang, als Friedrichs plötzlich abrupt stehen blieb.

»Maike, Scheiße.

Wir haben etwas übersehen.

Hindrik. Er könnte in Gefahr sein.

Wenn die Typen, mit denen er aneinandergeraten ist, die Frau ermordet haben, werden diese davon ausgehen, dass er ihre Beschreibung weitergeben kann.«

»Aber er hat sie doch nicht genau gesehen«, gab Maike Jansen zu bedenken.

»Stimmt, aber das wissen die nicht.«

Beunruhigt zog Friedrichs sein Handy aus der Tasche, um Kathrin Hansen anzurufen, als ihre Nummer im Display aufleuchtete.

»Das passt ja gut«, meinte er und war gespannt, was seine Chefin Wichtiges hatte.

»Olli, wir haben eine neue Situation«, hörte er Kathrin Hansen sagen. »Wir haben eine Mitteilung vom Bundeskriminalamt bekommen. Unser Mordopfer könnte in Begleitung einer weiteren Frau gewesen sein, die ebenfalls aus dem Auffanglager verschwunden ist. Eine Bahira Amana, die wie Ceylin Siham aus Syrien stammt. Beide Frauen sind zusammen geflüchtet und Bahira Amana wurden ebenfalls Papiere und Handy gestohlen, so hat sie bei der Registrierung angegeben. Olli, die Frau könnte auf der Insel und in Gefahr sein.«

»Und Hindrik auch«, rutschte es Friedrichs heraus.

»Hindrik auch?«, sagte Kathrin Hansen überrascht.

»Wie meinst du das?«

Kurz erläuterte er seine Überlegungen, worauf Kathrin Hansen meinte, sie würde sofort die Klinik anrufen, um zu veranlassen, dass niemand zu Hindrik gelassen würde.

»Ich rufe dich direkt zurück«, sagte sie und beendete das Gespräch.

Kaum hatte Friedrichs Maike Jansen über den neusten Stand informiert, als Kathrin Hansen sich wieder meldete.

»So, das ist erledigt. Hindrik wird in ein separates Zimmer verlegt, das direkt dem Schwesternzimmer gegenüberliegt«, erklärte sie. »So ist er unter ständiger Beobachtung. Und wie es aussieht, wird er morgen die Klinik verlassen können.

Aber jetzt wieder zu unserem Fall.

Wo bist du derzeit?«

»Oststrand, mit Maike. Wir laufen in Richtung Ostende.«

»Auf der Höhe, wo die Strandaufschüttung stattgefunden hat?«

»Wir sind schon ein Stück weiter, könnten aber in wenigen Minuten in der Dienststelle sein.«

»Nicht nötig, heute unternehmen wir nichts mehr. Seht euch nach einer jungen Frau um, die vom Aussehen her aus Syrien kommen könnte. Achtet auf Bekleidung und so. Ich habe das Gefühl, dass die vermisste Person sich auf der Insel aufhält.«

Hindrik hatte es rigoros abgelehnt, mit einem Krankentransport nach Hause gefahren zu werden. Er wollte das kurze Stück zu Fuß gehen. Fest bei seiner Lebensgefährtin untergehakt, erreichten sie das Haus auf der Höhenpromenade. Erleichtert öffnete Kathrin Hansen die Eingangstür.

»Ich nehme an, du willst dich erst mal duschen, während ich uns einen guten Tee aufbrühe«, meinte sie und stellte die Tasche mit der Schmutzwäsche ab. »Und ein Stück Kuchen habe ich auch«, sagte sie in Vorfreude auf die Käsetorte, die sie schon am Morgen besorgt hatte. Ihre Kollegen in der Dienststelle wussten, dass sie erst gegen Mittag auftauchen würde, sie konnte sich also Zeit lassen.

Mit Blick nach draußen beschloss Kathrin Hansen, den Tisch auf der Terrasse zu decken. Für Anfang Juni war es außergewöhnlich warm und der Strand war schon gut bevölkert. Aufmerksam beobachtete sie ein Paar mit ihren zwei kleinen Kindern, die hingebungsvoll mit Sand und Matsche so etwas wie eine Sandburg bauten. Es war deutlich, dass diese Familie weit weg von ihrem Alltag, sich so richtig schöne

Ferien machten. Unwillkürlich sah Kathrin Hansen wieder die junge Frau, die hingeschlachtet im Strandhaus aufgefunden wurde. Wenn diese junge Familie vor ihr auch nur ahnen würde, was passiert ist, würden sie fluchtartig die Insel verlassen, fuhr es ihr durch den Kopf.

Bei den Ermittlungen musste sie das Tempo erhöhen, die Angst, dass weiteres Schreckliches geschehen könnte, hing wie ein aufkommender Sturm auf ihrer Seele. Grübelnd ging sie in die Küche, um den Kuchen zu holen.

»Herrlich, das Duschen hat gutgetan«, meinte Hindrik, als er auf die Terrasse kam, seine Lebensgefährtin mit seinem gesunden Arm umfasste und sie an sich drückte.

»Es tut mir leid, dass ich dir Sorgen bereitet habe«, sagte er und sah Kathrin Hansen in die Augen. »Aber als ich gesehen habe, wie die Frau in den Dünen bedrängt wurde, konnte ich doch nicht einfach wegsehen, ich musste ihr doch helfen.«

»Würde die Frau noch leben, wäre sie dir dafür ewig dankbar«, erwiderte Kathrin Hansen. Mit Blick auf seinen Arm und das noch angeschwollene Kinn meinte sie, dass sie heilfroh sei, dass es für ihn noch so gut ausgegangen ist.

»Wir gehen derzeit davon aus, dass diese Männer die Frau ermordet haben, und der Vorfall mit dir, eine Affekthandlung war.«

Hindrik bemerkte, wie ihre Augen feucht wurden, Schmerz spiegelte sich darin und ihm wurde bewusst, dass sie darüber, wie die Frau zu Tode gekommen war, noch nicht gesprochen hatten.

»War es so schrecklich?«, fragte er, zeigte auf die Terrassenstühle und goss Tee ein. Es blieb eine Weile still, Kathrin Hansen musste sich erst einmal sammeln, ihre Gedanken ordnen. Sie überlegte, was sie Hindrik erzählen durfte, ohne dass er in seinem labilen Zustand geschockt wurde. Auf keinen Fall wollte sie die gefundene Spritze erwähnen. Es würde ihn nur in Unruhe versetzen. Fielen die Tests negativ aus, war das Thema sowieso erledigt. Nur, das würde noch dauern.

»Schrecklich, ja, das kann man so sagen«, ging sie auf Hindriks Frage ein. Dann schilderte sie im Groben, auf welche Weise die Frau in dem Strandhaus zu Tode gekommen ist.

»Und das hier auf Langeoog«, stöhnte sie.

»Unglaublich.«

Eine Sache war Hindrik aufgefallen und er wollte nachhaken, als sein Handy sich meldete.

Das Display sagte ihm, dass es seine Dienststelle war.

»Das Heim«, meinte er zu Kathrin Hansen und nahm das Gespräch an. Über den Terrassentisch hinweg hörte Kathrin Hansen die laute, hektische Stimme des Anrufers und konnte es nicht fassen, dass man Hindrik nicht in Ruhe lassen konnte. Aufgebracht gab sie ihm zu verstehen, dass er krankgeschrieben und nicht einsatzfähig sei. Beschwichtigend hob er die Hand und hörte konzentriert dem Anrufer zu. An dem nervösen Trommeln seiner Finger merkte Kathrin Hansen, wie angespannt er war.

Sie fasste es nicht.

Nach mehreren Rückfragen meinte Hindrik, dass die Angelegenheit auch die Polizei anginge, er würde sich darum kümmern.

»Und Azmi darf das Heim auf keinen Fall verlassen«, bestimmte er abschließend und beendete das Gespräch. Schwer lehnte er sich zurück und sah seine Lebensgefährtin ernst an.

»Ich glaube, auf unserer Insel treiben sich Verbrecher herum, Monster, für die Töten eine Ehrensache ist.« Dann berichtete er, dass ein syrischer Flüchtlingsjunge völlig aufgelöst ins Heim gelaufen kam und meldete, er hätte den Schlächter von Hama gesehen. Den Mann, der seine Eltern und Geschwister hat ermorden lassen. Auf der Barkhausenstraße sei er ihm begegnet.

Einen Moment herrschte bestürztes Schweigen, auf der Stirn von Kathrin Hansen bildete sich eine steile Falte.

»Wenn das stimmt, ändert das die Situation völlig«, presste sie heraus.

9. KAPITEL

Fassungslos legte Isabella Martin das Mobilgerät auf die Basisstation. Sie zitterte am ganzen Körper, die Impressionisten an der Wand verschwammen zu einem Farbenchaos.

»Mein Gott«, flüsterte sie, »das darf doch nicht wahr sein.« Ihr Blick bohrte sich durch die getönte Panoramascheibe über den träge dahinfließenden Fluss in Richtung Norden. Sie glaubte, das alte Kapitänshaus auf Langeoog zu sehen, eine Insel, die für sie der Inbegriff der Ruhe und Sicherheit war. Ein Ort, wo ihre Schutzbefohlenen auf das Leben in der westlichen Welt und auf ihre Aufgaben vorbereitet wurden. In den fünf Jahren, in denen sie dort das Schulungszentrum hatte, war auch noch nie etwas vorgefallen.

Und nun das.

Ceylin Siham war verschwunden.

Hatte sich in Luft aufgelöst.

Isabella Martin gab sich einen Ruck, drückte eine Taste auf dem Telefon und orderte bei ihrer Sekretärin einen Cappuccino.

»Und Maria, bitte etwas stärker als sonst«, bat sie, und setzte sich kerzengerade in ihren Bürostuhl.

Sie musste etwas unternehmen.

Sofort.

Doch auch wenn in ihrer Agentur alles legal lief, die Polizei durfte sie nicht einschalten. Noch nicht. Die Sache mit der Übergangsfrist, bis ihre Neuanwerbungen gültige Papiere hatten, war immer ein Risiko. Man könnte ihr das Leben schwer machen.

Sie brauchte Hilfe.

Ferdi!

Er war gut vernetzt, bis hin zum Kölner Polizeipräsidenten, mit dem er so manche Runde Golf spielte.

»Consulting Group Dr. Talkirchen«, meldete sich das Sekretariat. »Was kann ich für Sie tun?«

»Isabella Martin hier, bitte geben Sie mir Herrn Dr. Talkirchen.«

Da jeder in der Firma wusste, dass der Chef mit ihr liiert war, wurde sie sofort durchgestellt.

»Isabella, schön dich zu hören. Wolltest du bei dem herrlichen Wetter mich zu einem

Spaziergang auf der Rheinpromenade überreden? Ich bin dabei«, meldete Ferdinand Talkirchen sich mit fröhlicher Stimme.

»Schön wäre es«, stöhnte Isabella Martin. »Doch bei mir ist Sturm angesagt, ich habe das Gefühl, ich falle in ein schwarzes Loch. Eine meiner Escort Damen ist verschwunden. Eine Neue. Auf Langeoog. Ferdi, kannst du dir das vorstellen?«

Sie dachte daran, dass ihr Liebhaber sie oft gewarnt hatte, Flüchtlinge für ihre Agentur zu rekrutieren.

»Diese Mitarbeiterin war im Kapitänshaus?«, fragte Talkirchen besorgt.

»Genau, doch verschwunden ist sie am Strand.« Dann erzählte sie, was die Seminarleiterin Anna Wiesental ihr berichtet hatte.

Danach blieb es einen Moment ruhig, es war offensichtlich, der Schock saß auch bei Talkirchen tief. Im Kopf von Isabella Martin spielten die Gedanken verrückt. Spielten Möglichkeiten durch, auf welche Weise Ceylin Siham die Insel verlassen haben könnte. Und mit wem. Alleine hätte sie das nie geschafft.

»Könnte es sein, dass deine Neuanwerbung die Insel verlassen hat?«, ließ sich Talkirchen vernehmen. Anscheinend hatte er den gleichen Gedanken wie sie gehabt.

»Unmöglich, Ferdi. Ceylin hatte kein Geld. Sie hätte sich kein Fährticket kaufen können.«

»Und wenn sie sich an einen Mann herangemacht hat, wenn sie mit ihm in einem Hotelzimmer ist und ihre Freiheit und die Liebe genießt?«

»Nein!«

Die Stimme von Isabella Martin klang bestimmt.

»Nicht Ceylin. Nein. Sie war euphorisch glücklich über die Möglichkeiten, die ihr geboten wurden. Und dann ist da noch eine andere Frau, mit der sie zusammen aus Syrien geflüchtet ist. Die beiden sind wie Geschwister, nie würde Ceylin ohne sie etwas unternehmen. So jedenfalls meinte Anna Wiesental, die beide Frauen aus dem Lager geholt hat und permanent mit ihnen zusammen ist. Und auf Annas Urteil vertraue ich unbedingt. Nein, dass die Vermisste sich abgesetzt hat, schließe ich aus.«

Am anderen Ende der Verbindung stieß Talkirchen einen Seufzer aus, er überlegte, was er unternehmen könnte, um Isabella zu helfen. Ein Gedanke bohrte sich in sein Gehirn, von dem er hoffte, dass er sich als reine Fantasie erweisen würde. Trotzdem, sie mussten die Möglichkeit in Erwägung ziehen.

»Isabella, schließt du ein Verbrechen aus?«, meinte er und dachte daran, dass es tolle, umwerfende Frauen waren, die sie engagierte. Frauen, die alleine ihres Aussehens wegen leicht in Gefahr geraten konnten.

»Ferdi, um Gottes willen. Ceylin Opfer eines Verbrechens, und das auf Langeoog.

Nein, unmöglich.«

Nachdenklich biss sich Isabella Martin auf die Lippen, dass es schmerzte.

»Und doch. Schließe ich aus, dass sie sich abgesetzt hat, bleibt eigentlich nur noch diese Möglichkeit. Doch was kann ich unternehmen?«

»Okay, wir machen es so«, äußerte sich Talkirchen in einem beruhigenden Ton. »Ich rufe Holger Maybach an, er hat einen guten Draht zu dem Polizeipräsidenten in Osnabrück. Über ihn kann er erfahren, ob auf Langeoog oder in der Nähe ein Verbrechen in Verbindung mit einer jungen Frau vorliegt. Aber«, Isabella Martin hörte, wie Talkirchen eine Tasse absetzte, »auch wenn dort nichts bekannt ist, heißt das noch lange nichts. Du weißt, auf den Inseln kann man leicht etwas verbuddeln, das nie oder recht spät entdeckt wird.«

Erleichtert atmete Isabella Martin auf, wenigstens kam Bewegung in ihr Anliegen.

»Danke, Ferdi. Ich werde gleich nach Langeoog aufbrechen, ich muss sehen, was da los ist. Anna Wiesental hörte sich verzweifelt an, ich mache mir große Sorgen. Sei bitte so lieb, und rufe mich gleich zurück, wenn du etwas weißt. Und das mit dem Spaziergang auf der Rheinpromenade holen wir nach. Versprochen.«

10. KAPITEL

»Na super. Also läuft möglicherweise noch ein potenzielles Mordopfer auf der Insel herum«, hörten sie Heidkamp knurren.

»Das ist ja kaum zu glauben.«

Und dann kam das übliche nervende Geschlürfe, das mit dem lauten Absetzen der Tasse endete. Wie immer verdrehte Maike Jansen die Augen, sie würde sich nie daran gewöhnen können. In ihrer gehobenen Erziehung wäre ein solches Verhalten undenkbar gewesen. Nervös trommelte Kathrin Hansen mit den Fingern auf den Tisch und beobachtete das blinkende, blaue Lämpchen der Freisprechanlage. Kurz entschlossen hatte sie die Telefonkonferenz mit Heidkamp angesetzt. Sie brauchte Unterstützung, die Vorstellung, dass auf der Insel eine weitere Frau ermordet werden könnte, bereitete ihr bereits Magenprobleme.

»Wir brauchen schnellstens ein Foto der Frau, die mit Ceylin Siham geflüchtet ist«, sagte sie. »Wenn wir Glück haben, wurden in dem Auffanglager bei Registrierung der Personen Fotos gemacht. Ansonsten muss es eine Zeichnung tun.«

»Negativ«, kommentierte Heidkamp. »Unsere Kollegen vom BKA haben das schon gecheckt. Fotos werden im Lager nicht gemacht und auch sonst kann sich keiner so richtig an die Frau erinnern. Ihre Abwesenheit ist nur deshalb aufgefallen, weil sie morgens an der Meldestelle nicht erschienen ist.«

»Dann können wir nur hoffen, dass die Frau jetzt, wo ihre Bekannte verschwunden ist, sich bei uns meldet. Bei der müssen doch alle Alarmglocken läuten.«

»Ich glaube nicht daran«, zweifelte Heidkamp, »ohne Papiere ist sie eine Illegale, die sich abgesetzt hat. Sie wird höllische Angst haben, abgeschoben zu werden.«

»Genau hier stellt sich wieder die Frage, was die Frauen auf unserer Insel wollten«, warf Maike Jansen ein.

»Hier gibt es doch nichts, womit sie sich hätten beschäftigen können, selbst wenn sie vorhatten sich zu prostituieren, ist unsere Insel dafür ja wohl der denkbar schlechteste Ort. Sie würden doch im Nu auffliegen.«

Kathrin Hansen fühlte, dass sie in eine Sackgasse gerieten. Sie zeigte auf das Foto, das vor ihr auf dem Tisch lag.

»Okay, dann zurück zu unserem Mordopfer«, äußerte sie sich und blickte Maike Jansen auffordernd an.

»Maike, bring uns auf den aktuellen Stand.«

Nach einem schnellen Blick zu ihrem Kollegen Friedrichs hin, aktivierte Maike Jansen ihr MacBook, dass die Eltern ihr zum Geburtstag geschenkt hatten, klickte den Ordner Mordfall Ceylin Siham an und zog angespannt die Schultern hoch.

»Wir haben vielleicht doch etwas gefunden, das uns weiterbringen könnte«, meinte sie nachdenklich.

»Wie bekannt, werden auf den Fähren die Aufzeichnungen der Überwachungskameras nach achtundvierzig Stunden gelöscht. Einem technischen Defekt am Server der Langeoog IV ist es zu verdanken, dass sämtliche Daten der letzten Woche erhalten blieben.« Maike Jansen bemerkte, dass Kathrin Hansen sie erwartungsvoll ansah und hob leicht die Hand.

»Kathrin, das kann eine Ente sein, aber wir werden sehen.«

Sie scrollte eine Seite hoch, sendete die Abbildung als Mail zu Kriminalrat Heidkamp nach Wittmund und drehte das Display zu ihren Kollegen hin.

»Es ist kaum zu erkennen, aber wir sehen in der Vergrößerung«, sie zoomte das Foto auf zweihundert Prozent, »einen Mann auf dem Fähranleger Langeoog stehen und direkt hinter ihm im Profil eine Frau, die unser Mordopfer sein könnte. Dem Anschein nach gehören sie zusammen. Aufgezeichnet am vergangenen Samstag.«

Frustriert stöhnte Maike Jansen auf.

»Schiete, mehr Schärfe kann ich nicht herausholen, die Auflösung ist äußerst gering. Ich habe die Datei aber zu den IT Jungs der Polizeiinspektion geschickt, die sehen sich das mal an. Manchmal können die ja direkt Wunder vollbringen.«

Ihr Blick wanderte zum Mail Icon.

»Man hat mir versprochen, die Angelegenheit vorrangig zu behandeln.«

»Wartet mal einen Moment«, ließ Heidkamp sich vernehmen, und dann kam erst mal nichts mehr.

Angespannt lehnte Kathrin Hansen sich im Stuhl zurück. Sie benötigten ein brauchbares Ergebnis. Aus dem Bluetooth Lautsprecher hörten sie, wie ihr Chef sich an etwas Trinkbarem verging, und dann das Absetzen einer Tasse.

»Das Bild müsste jeden Moment bei euch eintrudeln«, nuschelte Heidkamp, sichtlich bemüht, klar artikulieren zu können.

»Mehr an Schärfe wäre nicht drin, hat man mir versichert.«

In dem Moment machte es bei Maike Jansen auch schon Pling. Gespannt öffnete sie den Mailordner.

»Wow, sage ich doch, die Jungs sind echt gut«, äußerte sie sich anerkennend und zeigte die Abbildung den Kollegen.

»Ist bei mir auch angekommen«, hörten sie Heidkamp sagen.

»Ein gutaussehender Mann, der zu der Schönheit, die neben ihm steht, passt. Im Übrigen ist das Bild schon beim BKA. Ich habe Dampf gemacht, innerhalb einer Stunde wissen wir mehr.«

»Hoffentlich etwas, das uns weiterbringt«, stöhnte Kathrin Hansen.

»Die Frau ist eindeutig unsere Tote und es sieht in der Tat so aus, als ob sie und der Mann zusammengehörten. Ein richtig schickes Paar.«

»Er ist garantiert kein Syrer«, warf Friedrichs ein. »Ich tippe auf Westeuropäer. Vielleicht war er derjenige, der die Frau aus dem Grenzlager geschleust hat.«

»Und er könnte noch auf der Insel sein«, ergänzte Maike Jansen aufgedreht. »Wir müssen sofort den Fährbetrieb und den Flughafen kontrollieren.«

»Langsam, Maike«, bremste Kathrin Hansen.

»Unsere Ressourcen sind begrenzt. Für eine solche Überwachung brauchen wir zusätzliche Leute.«

»Derzeit nicht möglich«, knurrte Heidkamp. »Es ist Urlaubszeit und unser Personal fährt mit gerade mal sechzig Prozent. Aber stopp, ich bekomme hier gerade was rein.«

Sie hörten wie ihr Chef sich bei seiner Sekretärin bedankte und dann Papier rascheln.

»Also, wir haben ihn«, äußerte sich Heidkamp zufrieden.

»Lorenz Adler, 41 Jahre, gemeldet in Köln. Aktenkundig beim Landeskriminalamt. Als Besitzer einer Modelagentur hat er jahrelang den Fiskus übers Ohr gehauen und eine Gefängnisstrafe von sechs Monaten auf Bewährung kassiert. Seitdem ist er nicht mehr straffällig geworden.«

»Was macht er jetzt?«, fragte Kathrin Hansen aufgewühlt. Sie konnte es kaum glauben, dass sie einen Durchbruch erzielt hatten. Dass dieses ätzende Gefühl der Untätigkeit endlich aufhörte.

»Nun, nach abschließender Rückzahlung seiner Steuerschulden war er pleite und musste seine Agentur schließen. Die letzte Eintragung besagt, dass er bei einer *Escort Agentur Martin* angefangen hat. Ebenfalls in Köln. Was genau er da macht und ob er in Köln wohnhaft ist, wurde nicht weiter verfolgt.«

»Das haben wir gleich«, jubelte Maike Jansen und tippte auf ihr MacBook ein.

»Also, hier habe ich schon was. Bei Google gibt es einen Eintrag über Lorenz Adler. Genau wie unser Chef schon sagte, war er Inhaber der Agentur *Model plus 40*, und muss mit dieser Marktnische richtig Erfolg gehabt haben. Kann ich mir übrigens gut vorstellen, neunzig Prozent der Models sind unter dreißig oder jünger. Das heißt, die Age Industrie hat Probleme, für ihre Werbung altersgerechte Models zu bekommen. Da hatte diese *Model plus 40* Agentur echte Marktchancen.« Schnell gab Maike Jansen noch einige weitere Suchwörter ein und schüttelte dann den Kopf.

»Das war es aber auch schon. Sonst ist über diesen Mann nichts zu finden. Aber wir wollen mal sehen, was über die Firma bekannt ist, in der er arbeitet.«

»Ich klinke mich aus«, unterbrach Heidkamp. »Ich habe gleich einen Termin mit einem Anwalt.«

Kathrin Hansen versprach, sich zu melden, sobald neue Erkenntnisse vorlägen, und nickte dann Maike Jansen zu.

»Also«, Maike Jansen drehte das MacBook so, dass ihre Kollegen die imposante Abbildung auf dem Display sehen konnten.

»Das hier ist einer der teuersten Adressen in Köln«, sagte sie und startete mit einem Klick eine Diashow.

»Von den noch relativ neuen Kranhäusern im Kölner Rheinauhafen haben wir sicherlich alle schon mal gehört oder etwas gesehen. Für die dortigen extrem hohen Immobilienpreise ist die außergewöhnliche Lage am Rhein mit seinem Umfeld verantwortlich. Es ist quasi ein eigenes Veedel, wie die Kölner es nennen, entstanden. Alles exklusiv und etwas für Leute mit Geld. Und genau dort, in einem der Kranhäuser auf der zehnten Etage, residiert die *Escort Agentur Martin*. Von dort oben muss man einen fantastischen Blick über den Fluss und das Land haben.

Nobel, oder?«

»Maike, hohe Immobilienpreise heißt was?« wollte Friedrichs wissen.

»Nun«, Maike Jansen tippte auf den Link einer Immobilienfirma und sah sich ein Verkaufsangebot an.

»Hier habe ich was. Eine Eckwohnung von etwa 100 qm gibt es für gerade mal läppische 1,5 Millionen Euro. Und das soll ein Angebot sein. Wahnsinn.«

»Aha«, murmelte Friedrichs und sah zu Kathrin Hansen hin. Sie blickten sich an und dachten beide, dass die Immobilienpreise auf der Insel nicht allzu weit davon entfernt waren. Etwas, über das sie schon öfters diskutiert hatten, und ihnen mächtig gegen den Strich ging. Friedrichs, gebürtiger Insulaner, hatte schon oft erlebt, dass eine Immobilie verkauft werden musste, weil ein Miterbe Kohle sehen wollte.

»Wer ist der Inhaber der Firma und was genau bieten die an?«, wollte Kathrin Hansen wissen.

»Haben wir hier«, brummelte Maike Jansen und machte einen Klick auf den Button Agentur.

»Geschäftsführerin ist eine Isabella Martin. Als Geschäftsfeld wird ein Escort Service angeboten, wobei Wert auf unbedingte Seriosität gelegt wird, so schreiben die hier. Damen mit gutem Aussehen, sicherem

Auftreten und Sprachkenntnissen, stehen für die Begleitung zu Meetings, Gesellschaften und Ähnliches zur Verfügung. Schwerpunkt Kunden aus dem Nahen Osten, Japan und China. Anlässlich zu Messen und Fachkongressen sind die Damen auch für mehrere Tage buchbar. Also ein breites Spektrum.«

»Wie sind die Honorare?«

»Keine Angaben, die Konditionen werden individuell nach Aufwand abgestimmt.«

»Hört sich solide an«, meinte Kathrin Hansen, »doch der Schein kann trügen.«

»Sehen wir uns mal diese Isabella Martin an«, meinte Maike Jansen. Sie überflog die Einträge und schüttelte den Kopf.

»Auf dieser Homepage gibt es keine Fotos, weder von der Inhaberin noch von ihren Models. Kann man ja verstehen. Aber ich sehe mal bei Google nach.« Sie klickte auf Bilder und rief ein überraschtes: »Wow, was für eine Frau«, aus.

»Hier, seht euch die mal an.«

War das Mordopfer eine umwerfend schöne Frau gewesen, stand ihr die Agentur Chefin darin in nichts nach. Ein ausdrucksstarkes Gesicht mit rotblondem schulterlangem Haar und strahlenden grünen Augen blickte sie an.

»48 Jahre, geboren in Berlin. Juristin und diplomierte Fremdsprachen Korrespondentin. Nicht schlecht.«

Sichtlich beeindruckt überflog Maike Jansen die weiteren Einträge.

»Vor fünf Jahren ist die Frau nach Köln gezogen und hat dort die Agentur gegründet. Und hier sehe ich einen weiteren Eintrag über einen Dr. Ferdinand Talkirchen, der dieser Frau nahezustehen scheint.«

»Google den doch auch mal eben«, bat Kathrin Hansen, »dann können wir uns ein Bild machen.«

»Moment, haben wir gleich. Also, Dr. Ferdinand Talkirchen, Consulting Group, Sitz in Köln, Unter Sachsenhausen.«

»Donnerwetter«, entfuhr es Kathrin Hansen, »während meiner Kölner Dienstzeit habe ich diese Ecke kennengelernt. Bankenviertel, Rechtsanwälte und Co. Eine ziemlich noble Geschäftsadresse. Diese Firma und die Agentur im Verbund ergeben ein verdammt imposantes Bild. Soll bedeuten: Geld, exklusiver Lebensstil, gehobenes Niveau. Jetzt bin ich gespannt, in welchem Zusammenhang dieser Lorenz Adler zu der Ermordeten stand.«

»Soll ich die Firma dieses Dr. Talkirchen mal

aufrufen?«, wollte Maike Jansen wissen und blickte ihre Chefin fragend an.

»Nein, lass mal. Bleiben wir bei der Agentur.« Kurz blickte Kathrin Hansen auf ihre Uhr und nickte dann Ava Sari zu.

»Ava, verbinde mich mit der Geschäftsführerin. Will sie wissen, um was es geht, weichst du aus. Ich baue auf den Überraschungseffekt.«

11. KAPITEL

Kathrin Hansen brauchte Bewegung und jede Menge frische Luft. Um die Dinge in die richtige Spur bringen zu können, musste sie einen klaren Kopf bekommen. Der Anruf bei der Agentur hatte nichts gebracht. Ihre Chefin, so die Sekretärin, wäre erst gegen Abend wieder im Büro. Ob sie vielleicht helfen könnte. Nein, konnte sie nicht, hatte ihr Ava Sari freundlich zu verstehen gegeben. Aber bis dahin kamen sie mit diesem Lorenz Adler nicht weiter. Seine Adresse und Handynummer hatte Ava Sari zwar ermittelt, doch Kathrin Hansen wollte sich ein Bild über ihn machen, um ihn kalt erwischen zu können.

Im Anschluss an die Dienstbesprechung war sie nach Hause geeilt, um nach Hindrik zu sehen, den sie tief schlafend auf der Terrasse vorfand. Da Schlaf für seinen Genesungsprozess das Beste war, hatte sie sich leise in ihre Jogging Klamotten geschmissen und war an den Strand gelaufen.

Es war Freitag, so gegen fünfzehn Uhr.

Herrliches Wetter und es war mächtig was los. Wie eine aufgereihte Perlenkette sah sie die Menschen an der Wasserlinie entlang marschieren. Eine Gruppe Frauen, etwa *40plus*, hatte sich um eine Trainerin in einem violetten Top mit knapper, schwarzer Shorts geschart, und bemühten sich, den Yoga Sonnengruß auf die Reihe zu kriegen.

Nicht gerade ihr Ding. Für diese Disziplin bevorzugte Kathrin Hansen Ruhe und Abgeschiedenheit, ohne die Blicke der Öffentlichkeit ignorieren zu müssen. Doch sie wusste, dass manche Urlauber das Rauschen des Meeres und den Sand unter ihrem Körper als besonders inspirierend empfanden. Auf der Insel gab es ein Studio, das sich darauf spezialisiert hatte, und einen enormen Zulauf verzeichnete.

Schmunzelnd beobachtete sie eine Gruppe Senioren, die mit ihren Rollatoren auf dem Bohlensteg von einer Bank zur nächsten zogen. Anfang der Saison war der Weg in Richtung Ostende um ein schönes Stück verlängert worden. Eine tolle Sache, fand Kathrin Hansen. Behinderte und Mütter mit

Kinderwagen konnten so barrierefrei den Strand und die Nähe des Meeres genießen. Konnten sich in das Strandleben integriert fühlen.

Tief durchatmend erhöhte sie das Lauftempo und rief nochmals die Fakten des Mordes an der Syrierin auf, sah vor Augen den tödlichen Schnitt entlang der Halsschlagader. Sah, dass viele Blut, das bis an die Wände des Strandhauses gespritzt war. Sie schauderte, als sie daran dachte, dass die junge Frau vor ihrem Tod brutal geschlagen und vergewaltigt wurde. Für sie stand fest, die Tat musste einen Hintergrund haben. Einen Hintergrund voller Hass und Brutalität. Unwillkürlich dachte sie an den syrischen Jungen, der auf der Barkhausenstraße den Mörder seiner Familie gesehen hatte. Den Schlächter von Hama. Es könnte ein Zusammenhang bestehen. Ceylin Siham kam aus Syrien, vielleicht sogar aus Hama. Sie war geflüchtet, und der Mann hatte den Auftrag, sie zu liquidieren. Warum auch immer.

Schwer stöhnte Kathrin Hansen auf.

Aber was zum Teufel hatte die Ermordete auf der Insel gewollt. Sich hier zu verstecken war auf Dauer unmöglich. Sie war eine fremdländische Schönheit, überall, wo sie sich zeigte, würde man hinter ihr hersehen. Nein, es musste einen anderen Grund geben.

Außer Atem dachte Kathrin Hansen an die Agenturchefin, die sie gleich anrufen musste. Hoffentlich würden sie dann über Lorenz Adler mit den Ermittlungen weiterkommen. Eigentlich könnte ich es schon jetzt versuchen, überlegte Kathrin Hansen, blickte auf die Uhr und zog das Handy aus der Tasche.

»Escort Agentur Martin, Sekretariat Maria Stein«, meldete sich eine freundliche Stimme.

»Was kann ich für sie tun?«

»Hauptkommissarin Kathrin Hansen, Langeoog, ich hätte gerne Isabella Martin gesprochen.«

Einen Moment lang blieb es still, bis die Sekretärin sich wieder meldete.

»Polizei Langeoog, Sie haben heute schon mal angerufen. Leider ist Frau Martin nicht in der Agentur erschienen und wird heute auch nicht mehr kommen. Aber ich kann Ihnen sicherlich auch weiterhelfen.«

Kathrin Hansen war es satt. Sie konnte nicht mehr warten.

»Nein, können Sie nicht«, antwortete sie schärfer, als sie wollte. »Ihre Chefin hat doch sicherlich ein Handy, über das ich sie erreichen kann.«

»Die Nummer darf ich nicht weitergeben, Frau Martin legt außerhalb der Agentur Wert auf ihre Privatsphäre.«

Kathrin Hansen glaubte es nicht. Eine Agenturchefin, die nicht auf ihrem Handy erreichbar war, das gab es doch nicht. Oder aber sie kommunizierte mit ihren Mitarbeitern per WhatsApp.

»Gut, aber ich muss trotzdem sofort wegen einer laufenden Ermittlung mit ihrer Chefin sprechen. Andernfalls mache ich Sie für die Folgen verantwortlich.

Also die Handynummer.«

»Okay, aber sagen Sie Frau Martin, dass Sie mich unter Druck gesetzt haben«, klang es verhalten zurück.

Sicherheitshalber speicherte Kathrin Hansen die Nummer in Kontakte ab und wählte sie dann an. Anscheinend befand sich die Teilnehmerin gerade in einem Funkloch, die Verständigung war undeutlich. Doch das Verblüffendste war, dass Isabella Martin unterwegs nach Langeoog war.

»Ich nehme die Fähre um siebzehnuhrdreißig. Kommen Sie gegen neunzehn Uhr in die Bar des Hotels Seeteufel«, konnte Kathrin Hansen noch verstehen, bevor die Verbindung nichts mehr hergab. Ihre

Gedanken schlugen Purzelbäume. Was konnte die Agenturchefin dazu veranlasst haben, ausgerechnet zu diesem Zeitpunkt nach Langeoog zu kommen. Klar, die einfachste Erklärung wäre, dass sie ein Wochenende oder Urlaub auf der Insel verbringen wollte. Aber Kathrin Hansen glaubte das nicht. Sie hatte den Eindruck, dass Isabella Martin nicht gerade überrascht war, dass die hiesige Polizei sie sprechen wollte. Also musste etwas vorgefallen sein, wodurch sie mit einer polizeilichen Kontaktaufnahme rechnen musste. Endlich hatte Kathrin Hansen das Gefühl, im Mordfall Ceylin Siham weiterzukommen.

Bis zum Treffen im Seeteufel hatte sie noch ausreichend Zeit, sich um Hindrik zu kümmern. Eine tiefe Sorgenfalte bildete sich auf ihrer Stirn. Immer noch nicht hatte sie ihm von der Spritze, die in den Dünen gefunden wurde, erzählt. Die nach hoher Wahrscheinlichkeit von den Tätern benutzt wurde, die ihn niedergeschlagen und die Frau ermordet hatten. Sie nahm sich vor, auf dem Rückweg in die Notfall-Klinik zu gehen, um sich nach den ausstehenden Testergebnissen zu erkundigen. Und Friedrichs, ihren Stellvertreter, musste sie auch noch anrufen, er sollte sie zu dem Treffen mit der Agenturchefin begleiten.

Sie saßen zuhause bei Kathrin Hansen auf der Terrasse und hatten sich bei Tee und belegten Brötchen festgequatscht. Kathrin Hansen, ihr Kollege Friedrichs und Hindrik diskutierten, wie es mit dem syrischen Jungen Azmi, weitergehen sollte. Es ging um seine Sicherheit. War der Mörder seiner Familie auf Langeoog, konnte auch er gefährdet sein. Kathrin Hansen schlug Hindrik vor, Azmi zu sich nach Hause zu nehmen. So lange, bis der Fall erledigt sei, doch Hindrik war dagegen. So einfach wäre das nicht, meinte er. Es ginge um die Fürsorge- und Aufsichtspflichten, Versicherungsrechte und einiges mehr. Nein, entschied er, der Junge müsste im Heim unter ständiger Aufsicht eines Gruppenführers bleiben.

Mit Blick auf die Uhr, sie waren spät dran, gab Kathrin Hansen schließlich ihre Zustimmung.

»Okay. Aber schärfe deinen Leuten ein, mich sofort zu verständigen, wenn etwas Auffälliges geschieht«, meinte sie. »Wenn bemerkt wird, dass sich Leute für das Heim interessieren, die dort nichts verloren haben. Oder wenn telefonisch nach Azmi gefragt wird. Nach außen hin gibt es bei euch keinen Azmi. Verpflichte deine Leute zu absolutem Stillschweigen. Doch jetzt müssen wir los, wir werden im Seeteufel erwartet.«

Vor dem Hotel stellten sie ihre Räder ab und wurden von dem Junior des Hauses herzlich begrüßt. Und wie konnte es auch anders sein, er entpuppte sich als alter Kumpel von Friedrichs. Manchmal fragte sich Kathrin Hansen, ob es einen Insulaner gab, der kein Kumpel von ihrem Stellvertreter war.

Sie musste sich eingestehen, dass sie etwas nervös war. Sollte das Treffen ein Flop werden, standen sie wieder vor dem Nichts.

An der Stirnseite der Bar mit Blick zur Tür saß Isabella Martin. Sie hatte ein Glas Weißwein vor sich stehen und sah ihnen geradewegs entgegen. Salopp gekleidet mit einer Jeans, Golf Polo von Bogner und roten Sandaletten mit hohen Absätzen, strahlte diese Frau Gelassenheit und einen Hauch Überlegenheit aus. Das Foto von ihr hatte nicht übertrieben, sie war eine Schönheit. Dazu ging eine gewisse Eleganz von ihr aus. Dezent, jedoch spürbar.

Nach der Begrüßung bestellte Kathrin Hansen für sich und Friedrichs zwei alkoholfreie Pils und sie setzten sich mit Isabella Martin an einen kleinen Tisch in einer der gemütlichen Nischen.

»Okay, dann schießen Sie mal los, weshalb sie mich dringend sprechen wollen«, begann die Agenturchefin die Unterhaltung. »Meiner Sekretärin haben Sie gesagt, es ginge um eine laufende Ermittlung?«

Bestätigend nickte Kathrin Hansen, beschloss aber, den Mordfall anfangs nicht zu erwähnen.

»Genau, wir brauchen die Hilfe Ihres Mitarbeiters Lorenz Adler. Das heißt, wenn er noch in Ihrer Agentur arbeitet.«

Überrascht zog Isabella Martin eine Augenbraue hoch, geradewegs sah sie Kathrin Hansen an.

»Wie kommen Sie auf Adler und in welcher Angelegenheit könnte er Ihnen helfen?«

»Bevor ich Ihre Frage beantworte, sagen Sie uns doch bitte, aus welchem Grund Sie auf der Insel sind.«

Fahrig trank Isabella Martin einen Schluck Wein, setzte das Glas hart ab und verlor sich in Überlegungen. Das mit Adler hatte sie nicht erwartet. Blitzschnell checkte sie, inwieweit sie die Polizei informieren sollte. Es war kaum anzunehmen, dass bekannt war, dass das alte

Kapitänshaus am Kirchpad ihr gehörte und zu Schulungszwecken benutzt wurde. Legal, bis auf die Kleinigkeit, dass dort rekrutierte Flüchtlinge geschult wurden. Flüchtlinge, die spurlos aus Lagern verschwunden waren, und keine Aufenthalts-Genehmigungen hatten. Wenn dies auch nur vorübergehend war. Und ausgerechnet jetzt war Ceylin verschwunden.

Ihr Herz fing heftig an zu klopfen und sie fragte sich, ob die Nachfrage nach Adler etwas mit dem Verschwinden von Ceylin zu tun haben könnte. Dass es einen Vorfall gegeben hatte, von der Anna Wiesental nichts wusste, oder es nicht sagen wollte.

Einer Eingebung zufolge entschied sie, bei der Wahrheit zu bleiben. Schlimmstenfalls konnte man ihr wegen der Rekrutierung der Flüchtlinge ans Leder wollen, aber hier hatte sie Beispiele vorzuweisen, wie taff sich diese Damen ins westliche Leben integriert hatten. Wie sie respektierte Mitglieder der Gesellschaft wurden, Steuern und Sozialbeiträge leisteten.

Nein, entschied Isabella Martin, warum sollte sie versuchen etwas zu vertuschen, was im Grunde ein Hilfsprogramm war. Wenn auch auf ihre Art. Ohne sie säßen die Frauen in irgendwelchen Lagern, oder wurden abgeschoben. Sie straffte sich und blickte die Hauptkommissarin selbstbewusst an.

»Was ich hier auf der Insel mache, fragen Sie? Nun, ich bin in großer Sorge um eine Mitarbeiterin, die seit Mittwoch, ohne Nachricht zu geben, nicht ins Schulungs-Centrum zurückgekehrt ist. Dabei steht sie in der Ausbildung und ist auch sonst«, Isabella Martin stockte, »in gewisser Weise an mich gebunden.«

Sie bemerkte die überraschten Blicke der beiden Polizisten und berichtete ausführlich über ihre Agentur, über das Kapitänshaus, und wie sie geeignete Personen für ihre Agentur anwarb.

»Bedenken Sie, in jede neue Mitarbeiterin wird anfangs mächtig investiert. Außer der Schulung entstehen Kosten für Lebenshaltung, angemessene Bekleidung, Accessoires, Handys und andere Dinge.« Sie bemerkte die skeptischen Blicke und zog die Stirn in Falten.

»Glauben Sie es, oder glauben Sie es nicht, da kommt einiges zusammen, doch die Frauen können darüber ruhig schlafen. Wenn sie erst einmal ihren Job ausüben, verdienen sie richtig viel Geld. Bis zu eintausend Euro pro Tag sind drin. Und nochmals, ohne schmutzige Geschäfte, kein Sex, reiner Escort-Service auf höchstem Niveau. Meine finanziellen Vorableistungen bezahlen die Damen in Raten ab. Bei dem Verdienst sind die schnell getilgt. Trotzdem, Sie können sich vorstellen, ein gewisses Risiko für mich bleibt immer.«

Isabella Martin lächelte das erste Mal an diesem Abend.

»Jedoch hat mich meine Menschenkenntnis noch nie im Stich gelassen. Bis dato habe ich auf der geschilderten Weise neun Damen ausgebildet und alle befinden sich in einem festen Arbeitsverhältnis. Nach der Ausbildung müssen sie zwei Jahre in der Agentur bleiben, doch danach hat noch keine gekündigt.«

Aufmerksam hatten Kathrin Hansen und Friedrichs zugehört, sie mussten erst einmal verdauen, was die Frau losgelassen hatte. Abgesehen von der Gesetzgebung bezüglich Flüchtlingshilfe hatte Isabella Martin einige Verstöße begangen. Kathrin Hansen musste jedoch zugestehen, dass diese Frau verzweifelten Menschen eine Zukunft gegeben hatte.

Wenn es denn so war, wie sie es darstellte.

Sie wechselte mit Friedrichs einen Blick. Für sie stand fest, dass die Tote im Strandhaus die vermisste Person der Agentur war. Erleichtert spürte Kathrin Hansen, wie sie lockerer wurde, hatte das Gefühl, endlich weiterzukommen.

Isabella Martin winkte die Bedienung an den Tisch und bestellte einen weiteren Weißwein und zwei Bier. Auf ihrer Stirn bildete sich eine tiefe Falte.

»Jetzt wissen Sie, aus welchem Grund ich auf der Insel bin und meine Firma kennen Sie auch. Aber jetzt möchte ich von Ihnen wissen, was Sie von meinem Mitarbeiter Lorenz Adler wollen.«

»Okay.«

Kathrin Hansen zeigte Isabella Martin auf ihrem Handy die Aufzeichnung der Kamera auf dem Fähraufleger Bensersiel.

»Sehen Sie sich das Foto an. Können Sie dazu etwas sagen?«

»Klar, das sind Lorenz Adler und Ceylin Siham, die vermisst wird. Sie sind auf dem Weg zu unserem Schulungs-Centrum. Was wir nicht sehen, ist, dass sie in Begleitung einer weiteren Neuanwerbung, sowie meiner Schulungsleiterin Anna Wiesental sind.«

Aufstöhnend drückte sich Isabella Martin in den Clubsessel. Panik stieg in ihr hoch. Schlagartig wusste sie, dass die Frage der Polizei nach Lorenz Adler mit Ceylin Sihams Verschwinden zu tun hatte.

»Sie wissen, wo Ceylin Siham ist«, presste sie heraus.

»Hat sie was ausgefressen?«

Behutsam legte Kathrin Hansen ihre Hand auf den Arm von Isabella Martin und blickte sie ernst an.

»Wir wissen, wo sie ist.«

12. KAPITEL

Es war Samstag, so gegen neun Uhr, als Kathrin Hansen mit ihrem Bike unterwegs war, um Brötchen zu holen. Sie hatte eine unruhige Nacht hinter sich und fühlte sich wie gerädert. Hindrik hatte schlecht geträumt und war urplötzlich mit einem Schrei in die Höhe geschossen. Danach hatte es eine Weile gedauert, bis ihr Herzrhythmus wieder normal tickte. Und dann war da noch die Agenturchefin am Abend gewesen. Als diese erfahren hatte, was mit Ceylin Siham geschehen ist, war sie zusammengebrochen. Kathrin Hansen hatte den Notarzt rufen müssen.

»Manchmal ein richtiger scheiß Job«, brummelte sie vor sich hin, kurvte in die Hauptstraße und erreichte die Bäckerei. Die Warteschlange vor der Tür förderte dann auch nicht gerade ihre Laune. Bis vor kurzem gab es Brötchen auch bei einer anderen Backstube, doch mangels Bäcker war dies Geschichte. Personalmangel, ein ständig stärker werdendes Problem auf der Insel, und dass nur, weil es keinen bezahlbaren Wohnraum für das Dienstpersonal gab. Auf Dauer konnte das nicht gutgehen. Wie Kathrin Hansen wusste, wurde zwar in der Verwaltung über Konzepte gebrütet, wie man die Situation ändern könnte, doch das würde dauern.

Auf dem Rückweg wollte sie gerade auf Höhe der Gartenstraße links in Richtung Höhenpromenade abbiegen, als ein Bekannter die Barkhausenstraße überquerte. Maartens, ihre stille Reserve für Recherchen, wenn es mal eng wurde. Zaghaft zupfte sie an der Klingel und hielt lachend neben ihm an.

»Wie immer früh auf den Beinen«, sagte sie und staunte, wie gut der Mann aussah. Dabei hatte er jahrzehntelang als Chef der Hamburger Mord Kommission mächtig im Sumpf der Großstadt gewühlt. Sie konnte sich noch gut daran erinnern, wie elend er ausgesehen hatte, als sie ihn anfangs kennengelernt hatte. So, als ob er ständig Magenprobleme hätte. Doch das Leben auf der Insel hatte ihn regeneriert und wenn es so richtig stürmte, sah sie ihn oft am Strand. Dort stand er dann regungslos und blickte auf die tosenden Kräfte der Natur. Sie stellte sich vor, dass er in solchen Momenten den ganzen Müll, den er in seinem Berufsleben erlebt hatte, im Meer versenkte.

»Sie gefallen mir heute Morgen aber gar nicht«, äußerte sich Maartens und sah sie besorgt an. »Hat ihr Chef Heidkamp Sie geärgert, oder setzt Ihnen der Mord an der jungen Frau so zu?«

»Auch. Die furchtbaren Grausamkeiten, die das Mordopfer erleiden musste, kann man nicht so einfach wegstecken. Dann noch der derzeitige Ermittlungsdruck, Sie kennen das ja.«

Maartens nickte und erwiderte, dass er froh wäre, diese Dinge hinter sich zu haben.

»Trotzdem«, er blickte sie geradeaus an. »Sie wissen ja, wenn ich Ihnen helfen kann, stehe ich zur Verfügung.«

Kathrin Hansen erwiderte, sie käme gerne darauf zurück und fragte, was er und seine Frau für den Tag denn so geplant hätten. Als sie hörte, dass er derzeit Strohwitwer sei, da Friederike bei ihrer Schwester in Hamburg wäre, lud sie ihn spontan zum Frühstück ein.

»Hindrik wird sich freuen, Sie zu sehen und ich habe auch noch etwas Zeit, bis ich in die Dienststelle muss.«

Wenige Minuten später erreichten sie das wunderschöne Ostfriesenhaus, das Kathrin Hansen von ihrer Großmutter geerbt hatte. Direkt an der Höhenpromenade gelegen, war es der Traum eines jeden Langeoog Liebhabers. Von der Terrasse aus hatte Hindrik sie schon gesehen und winkte ihnen zu.
Während die Männer auf die Terrasse gingen, bereitete Kathrin Hansen das Frühstück und trug es draußen auf. Es war herrliches Juniwetter, eine leichte Brise wehte vom Meer herüber, und sie konnten beobachten, wie auflaufendes Wasser so nach und nach den Strand vereinnahmte. Richtung Westen versuchte ein Kitesurfer sein Glück, wobei er mehr im Wasser landete, als dass er auf seinem Brett stand.

»Herrlich haben wir es hier«, meinte Maartens, »ich hätte mit Friederike schon viel früher auf die Insel ziehen sollen. Aber wie das Leben so spielt, es war immer noch irgendetwas, das man vor dem Ruhestand erledigen wollte. Hier noch was, und da noch was. Doch jetzt sind wir auf der Insel angekommen und fühlen uns pudelwohl.«

Er blickte zu Hindrik hin und schüttelte den Kopf.

»Das mit dem Überfall habe ich gar nicht mitbekommen. Erst gestern im Fährmann hat der Wirt davon erzählt. Wie genau ist das denn passiert?«

Während Hindrik den Vorfall schilderte, bildete sich auf Maartens Stirn eine steile Falte. Er warf einen Blick zu Kathrin Hansen hin und ihm wurde plötzlich klar, dass die Attacke auf Hindrik mit dem Mordfall zu tun haben musste. Er fragte sich, ob die Hauptkommissarin das in die Mordermittlung mit eingebracht hatte, oder in Rücksichtnahme auf Hindrik es nicht publik machen wollte. Er kannte diesen Zwiespalt zwischen dienstlicher Verpflichtung und privater Verantwortung zur Genüge. Um ihn erpressen zu können, wurde während seiner Dienstzeit seine Familie mehrfach bedroht. Es waren die schlimmsten Momente in seinem Leben.

Seine nachdenkliche Miene war Kathrin Hansen nicht entgangen. Sie ahnte, was dem ehemaligen Kripochef durch den Kopf ging und entschied, dass sie seine Erfahrung und Kontakte nutzen sollte. Wenn auf der Insel ausländische Mörder herumliefen, brauchte sie alle Unterstützung, die sie bekommen konnte. Sie musste verhindern, dass es weitere Mordopfer gab.

Und Maartens musste wissen, was geschehen war. Sie musste ihn informieren.

»Bin ich froh, dass es Hindrik nicht noch schwerer getroffen hat«, sagte sie. »Wir gehen davon aus, dass die beiden Männer, die ihn zusammengeschlagen haben, für den Tod der syrischen Frau verantwortlich sind. Leider konnte Hindrik sie nicht erkennen. Zudem befürchten wir, dass eine weitere Frau, die mit der Toten aus Syrien geflüchtet und auf Langeoog gestrandet ist, sich in höchster Gefahr befindet. Und wenn die Aussage eines syrischen Flüchtlingsjungen stimmt, dass er auf der Barkhausenstraße den Mann gesehen hat, der an der Ermordung seiner Familie beteiligt war, dann kann das alles kein Zufall sein.«

Tief durchatmend blickte Kathrin Hansen auf das Meer. Registrierte das gleichbleibende, beruhigende Tosen der Wellen, die Silbermöwen, die hell rufend sich über den Morgen freuten, bemerkte eine junge Mutter mit ihrer kleinen Tochter, die fröhlich jauchzend im Sand buddelte.

Eine friedliche Welt.

Durch Kathrin Hansen ging ein Ruck. Sie würde dafür sorgen, dass dieses auch so bliebe. Mit allen Möglichkeiten, die sich ihr boten.

Aufmerksam schenkte sie allen Kaffee nach, wobei sie Maartens fest in die Augen sah.

»Ich brauche Sie.

Sie und Ihr Netzwerk.

Aber wir müssen schnell sein, ich habe das verdammte Gefühl, dass noch mehr passieren könnte«, sagte sie mit eindringlicher Stimme.

»Sind Sie dabei?«

Mit Bedacht setzte Maartens die Tasse ab und nickte zustimmend, die Falte auf seiner Stirn wurde ausgeprägter.

»Ich bin dabei.

Und ja, wir haben keine Zeit zu verlieren. Die Art und Weise, wie die Frau getötet wurde, im Zusammenhang mit der Aussage des Jungen, weisen tatsächlich auf syrische Gewalttäter hin.«

Er bemerkte die fragenden Blicke seiner Gastgeber und kramte in seinem Gedächtnis einige Details hervor.

»Wenn ich das richtig verstanden habe, wurde die Frau mit einem Schnitt durch die Halsschlagader getötet, sie ist ausgeblutet.« Fragend blickte er die Hauptkommissarin an, die ihre Zustimmung signalisierte.

»Es war kein Zufall, dass sie auf diese Art getötet wurde«, erklärte Maartens weiter.

»Hier wurde ein Ritual Mord praktiziert.

Zurückzuführen auf eine Handlung, die im Islam Sitte ist. Wird dort ein Tier geschlachtet, wird die Schächtung angewendet. Eine Tötungsart, bei der dem Opfertier mit einem großen Schnitt die Blutgefäße am Hals durchtrennt werden. Auf diese Weise wird sichergestellt, dass es vollständig ausblutet. Dahinter steckt das religiöse Dogma, das Muslime kein Blut verzehren dürfen.

Blut gilt als unrein.«

Kathrin Hansen bemerkte, wie sie sich versteifte.

»Sie glauben, dass der Mord an Ceylin Siham ein Akt der Bestrafung war, weil sie als unrein galt? Weil angenommen wurde, dass sie bereits vor der Ehe Geschlechtsverkehr hatte?

Und sie deshalb auch vergewaltigt wurde?«

Ein schrecklicher Gedanke setzte sich in ihr fest.

»Könnte das bedeuten, Ceylin Siham wurde gejagt, um sie bestrafen zu können? Könnte ihr Todesurteil bereits gefällt gewesen sein?

Wahnsinn!«

Ein Schauer lief Hindrik über den Rücken, er musste an Azmi denken, der zusehen musste, wie seine Familie ermordet wurde. Azmi war Zeuge dieses Kriegsverbrechens und hatte auf der Insel einen der Mörder erkannt.

Wurde auch Azmi erkannt?

Stand er nun ebenfalls auf der Todesliste?

Hindrik stöhnte auf und Kathrin Hansen sah ihn besorgt an. Beruhigend winkte er ab und meinte, er hätte gerade an den syrischen Jungen denken müssen. Daran, dass Azmi ebenfalls in Gefahr sein könnte.

Mit halb geschlossenen Augen überdachte Maartens die Situation. Er wog die Möglichkeiten gegeneinander ab, konnte sich schließlich nicht vorstellen, das Ceylin Siham bis auf die Insel verfolgt wurde. Eher glaubte er an den Faktor Zufall.

So unvorstellbar der auch sein mochte.

Mit Bedacht trank er einen Schluck Kaffee, stellte langsam die Tasse ab, und sah nachdenklich Kathrin Hansen an.

»Eine Verfolgung der Frau bis auf die Insel schließe ich aus. Ich glaube jedoch, dass dieser Mann, den der syrische Junge gesehen hat, an dem Mord beteiligt war. Und ich gehe sogar so weit, zu behaupten, dass er und die Frau sich kannten. Sie war ein Flüchtling aus Hama, aus der Stadt, in der er seine Gräueltaten verübt hat. Für ihn war sie eine Verräterin an dem Regime. Grund genug, sie zu bestrafen, sie zu töten. Ob die Mörder davon ausgegangen sind, dass sie unrein war, ist sekundär. Das grausame

Vergehen an ihr gehörte mit zur Bestrafung. Es ist bekannt, wie im Islam die Frauen misshandelt und bestraft werden.

Also, ich glaube, es war Zufall, dass die Syrerin diesen Männern begegnet ist. Sie war zur verkehrten Zeit am falschen Ort.

Was mir aber jetzt Sorgen macht, ist die Frage, ob der Mann, den Azmi auf der Barkhausenstraße als Mörder seiner Familie erkannt hat, dies bemerkt hat. Ob er den Jungen gesehen hat. Diese Typen sind hochsensibel, der kleinste Verdacht reicht ihnen, um einen Menschen zu liquidieren.«

Maartens entging nicht, wie es in der Hauptkommissarin arbeitete. Er wusste, sie war in einer äußerst schwierigen Situation. Auf dem Festland hätte sie mit Unterstützung einer schwer bewaffneten Einheit eine groß angelegte Fahndung einleiten können, doch hier galt es, die Feriengäste nicht in Panik zu versetzen.

Sie jedoch gleichzeitig zu schützen.

»Was denken Sie, wie sollen wir vorgehen?«, unterbrach Kathrin Hansen seine Grübeleien.

Maartens ließ sich Zeit. Er blickte auf die endlose, sich im Rhythmus bewegende Wasserfläche, stellte sich vor, was er an Stelle der Hauptkommissarin veranlassen würde.

Bedachte die besondere Situation auf Langeoog. Wiegte das Für und Wider ab.

Die erste Aktion stand jedoch fest.

»Azmi muss in Sicherheit gebracht werden, und das sofort«, sagte er.

Ernst sah er Hindrik an.

»Ist man wirklich hinter ihm her, können ihn auch die Leute im Heim nicht schützen. Sie würden selbst in Gefahr geraten. Der Junge muss runter von der Insel, und er muss uns helfen, den Mann, den er erkannt hat, zu identifizieren. Anhand von Fotos, und wenn das nichts bringt, lassen wir auf seine Beschreibung hin, eine Zeichnung anfertigen.«

»Wittmund«, warf Kathrin Hansen ein, »wir bringen ihn nach Wittmund. Dort können diese Dinge erledigt werden und danach kommt Azmi solange in eine sichere Bleibe, bis das hier durchgestanden ist.«

Erleichtert bemerkte sie die Zustimmung, die Hindrik ihr signalisierte. Letztendlich war er für den Jungen verantwortlich, er musste sein Okay geben. Sie konnte sich ein Grinsen nicht verkneifen.

»Haben wir erst einmal die Beschreibung des Mannes, können wir ihn unter Kontrolle bringen. Ein Vorteil, den unsere Insel bietet. Und wir haben noch einen Trumpf im Ärmel.«

Sie berichtete von dem Gespräch mit der Agenturchefin, von dem Schulungs-Center auf der Insel, und dass die Ermordete tatsächlich gemeinsam mit einer Frau geflüchtet, und mit ihr nach Langeoog gekommen ist.

»Bahira Amana, so heißt die Frau, ist derzeit im Schulungs-Centrum und ist außer sich, weil ihre Freundin spurlos verschwunden ist. Auf meine Anordnung hin, durfte ihre Chefin ihr nicht sagen, was mit ihrer Freundin geschehen ist.« Mechanisch blickte Kathrin Hansen auf das Handy und registrierte, dass es für sie Zeit wurde.

»Ich muss jetzt auch los, ich werde in diesem Schulungs-Centrum erwartet. Vorher werde ich noch Heidkamp informieren und veranlassen, dass Kollegen von Wittmund rüberkommen und den Jungen holen. Und Hindrik, wir müssen ihm was zum Anziehen geben, worin er nicht erkannt werden kann.«

Zustimmend nickte Hindrik und meinte besorgt, er hoffe nur, dass Azmi diese neuerliche Belastung psychisch unbeschadet überstehen würde.

Nach dem Gespräch mit Maartens fühlte sich Kathrin Hansen zunehmend erleichtert. Beim Verabschieden hatte Maartens zugesagt, dass er, sobald ihm ein Foto oder eine Zeichnung des Syrers vorläge, seine Beziehungen zum BKA spielen lassen würde.

Klar, Kathrin Hansen hätte auch selbst diese Möglichkeiten nutzen können, doch sie wollte so wenig Staub, wie möglich aufwirbeln. Auf offizielle Anfragen gab es Rückfragen, Gerüchte wurden verbreitet, und in der Wittmunder Polizeiinspektion saß ein Kollege, der seinen Mund nicht halten konnte. Jüngst hatte sie gehört, dass dieser Typ sich mit der Redakteurin vom Insel Report eingelassen hatte. Wenn die ihn so richtig weichkochte, wer weiß, was der so alles loslassen würde.

Mit ihrem Bike umfuhr sie die katholische Kirche, als sie auch schon das alte Kapitänshaus sehen konnte. Sie hatte immer geglaubt, dieses ostfriesische Schmuckstück wäre ein Ferienhaus, auf die Idee, dass es von einer Kölner Agentur genutzt wurde, wäre sie nie gekommen. Fand das generell aber gar nicht so schlecht. Wenigstens wurde das traditionsreiche Anwesen nicht verkauft und abgerissen, um dort einen neuen Wohnkoloss oder noch ein Hotel bauen zu können. Es war schon schlimm genug, dass wunderschöne alte Inselhäuser veräußert werden mussten, weil eine Erbschaftszahlung anstand. Oder weil die jüngere Generation das dicke Geld einstreichen wollte.

Vor dem Haus sah sie Isabella Martin bereits unruhig hin und her tigern. Anscheinend hatte sie sich von dem Zusammenbruch schon wieder erholt. Auf Kathrin Hansen machte diese Frau sowieso einen starken Eindruck. Eine Frau, die einiges verkraften konnte, die wusste, was sie wollte.

»Gut, das Sie kommen«, begrüßte Isabella Martin sie aufgedreht. »Ich hätte nicht mehr länger die Ahnungslose gegenüber meinen Leuten spielen können. Alle ahnen doch, dass etwas Schreckliches mit Ceylin geschehen ist. Mit Mühe habe ich Lorenz Adler zurückhalten können, der darauf bestand, die Polizei, also Sie, zu benachrichtigen.«

Kathrin Hansen schob ihr Bike in den Fahrradständer und fasste die Frau leicht am Arm.

»Beruhigen Sie sich. Ich übernehme das. Ihre Mitarbeiter und diese Bahira Amana möchte ich einzeln sprechen, mit Lorenz Adler fange ich an. Stellen Sie mir bitte einen Raum zur Verfügung, in dem wir ungestört reden können.«

Isabella Martin wollte protestieren, weil sie an den Gesprächen nicht teilnehmen sollte, sah dann aber ein, dass es auch für sie selbst so besser war. Sie musste zur Ruhe kommen.

»Gut, ich stelle Sie meinen Leuten vor und ziehe mich dann zurück. Sollten Sie mich benötigen, ich bin in meinem Büro. Aber bitte«, sie sah die Hauptkommissarin besorgt an, »machen Sie es schonend. Besonders bei Bahira Amana, sie und Ceylin waren wie Schwestern, es wird sie furchtbar treffen.«

Schweigend nickte Kathrin Hansen und folgte mit gemischten Gefühlen der Agentur Chefin ins Haus.

13. KAPITEL

Wie ausgelaugt fühlte sich Kathrin Hansen, als sie am Weststrand in Richtung Flinthörn lief. Sie bekam einfach keine Ordnung in ihre Gedanken. Die Vorstellung, dass sich auf der Insel ein Massenmörder herumtrieb, ein Schlächter, der für den Tod hunderter Menschen verantwortlich war, ließ in ihr keine Ruhe aufkommen. Bei der Vernehmung von Bahira Amana hatte sich so nach und nach herauskristallisiert, woher sie und die Ermordete gekommen waren. Es stimmte, sie kamen aus Syrien, beide aus der Stadt Hama, wo es tatsächlich dieses grausame Hinmorden unzähliger Einwohner gegeben hatte. Und es gab den Schlächter von Hama, Bahira Amana hatte ihn als besonders grausam geschildert. Sobald eine Abbildung dieses Menschen vorlag, würden sie diese Bahira Amana vorlegen.

Was die beiden Frauen betraf, waren sie in ihrer Heimat nicht direkt bedroht gewesen. Sie bewegten sich in den oberen Kreisen des Regimes. Ceylin Siham war die Verlobte eines Neffen des syrischen Herrschers gewesen und stand unter dem Schutz dieses Hauses. Neben ihrem Studium als Historikerin machte sie Stadtführungen und lernte so auch Europäer kennen. Unvermeidlich blieb der Einfluss des Westens an ihr hängen und innerlich schwor sie immer mehr dem Regime ab. Als dann ihre Schwester nach Europa flüchtete und sich nicht mehr meldete, entschloss sich Ceylin Siham, sie zu suchen. Freiwillig hätte man sie nie gehen lassen, durch ihre Flucht wurde sie zur Geächteten.

Bahira Amana, seit der Kindheit ihre Freundin, schloss sich ihr an. Da sie Geld hatten, verlief ihre Flucht reibungslos, doch an der Grenze von Österreich war damit Schluss. Sie wurden in ein Lager gesteckt und wussten nicht, wie es weiter gehen sollte. Und dass man ihnen die Papiere und Handys gestohlen hatte, stimmte auch.

Mit dem Auftauchen von Anna Wiesental und Lorenz Adler änderte sich ihre Lage schlagartig. Nach anfänglichem Misstrauen wurden sie zuversichtlich, dass sie im Westen ein neues, freies Leben führen konnten, und Ceylin Siham ihre Schwester aufspüren würde.

Alles war gut.

Bis zum Verschwinden von Ceylin Siham.

Als Kathrin Hansen bei der Vernehmung berichtete, auf welche Weise Ceylin Siham umgekommen war, sprang Bahira Amana auf und stieß hasserfüllt heraus, dass sie Baka, den Schlächter, finden und töten würde. Danach brach sie zusammen und war nicht mehr ansprechbar.

Zuhause hatte Kathrin Hansen mit Hindrik darüber gesprochen. Er hatte sich sofort auf den Computer gestürzt, um über den Mann etwas herauszufinden.

Negativ.

Solche Verbrecher hinterließen keine Spuren. Sie brauchten von ihm ein Foto, um weiterzukommen.

Anfangs war Kathrin Hansen sich nicht ganz schlüssig gewesen, ob es gut war, dass sie Hindrik mit einbezogen hatte, fand es nun aber gar nicht mehr so schlecht. Solange er krankgeschrieben war, kam er dadurch auf andere Gedanken und dämmerte nicht vor sich hin. Doch sie selbst war sich völlig im Unklaren, wie sie vorgehen musste, wenn sich die Aussage von Azmi bestätigte. Eine

Mitteilung an Kriminalrat Heidkamp stellte sie erst einmal zurück und hoffte, dass sie damit keinen Fehler beging. Sie überlegte, was die Rechtslage vorgab, um einen mutmaßlichen Kriegsverbrecher verhaften zu können. Handelte er im Auftrag seiner Regierung, waren internationale Komplikationen zu erwarten. Überhaupt kam sie einer Erklärung, was ein solcher Mensch auf Langeoog wollte, keinen Deut näher.

War er mit seiner Familie hier um sich zu erholen?

Befand er sich auf der Flucht?

Ihre Grübeleien wurden von ihrem Handy unterbrochen.

Ava Sari war dran.

Die Ankündigung des Weltuntergangs musste sich ähnlich anhören.

»Kathrin, Bruntje ist tot«, meldete Ava Sari völlig aufgelöst.

»Bruntje Klaas.

Ermordet.«

Dann kam nichts mehr.

Kathrin Hansen spürte, wie sich ihr Bauch verkrampfte, die Welt kam ihr plötzlich absurd vor.

Bruntje Klaas, die Ikone der Insulaner.

In ihrem langen Leben hatte diese Frau Langeoog nicht einmal verlassen. Stattdessen war sie energisch auf die Barrikaden geklettert, um dem Ausverkauf der Insel einen Riegel vorzuschieben. Noch in ihrem letzten Jahr im Inselrat, war sie splitternackt mit Plakaten auf Brust und Rücken in der Hochsaison den Strand entlanggelaufen, um gegen die ständig steigenden Immobilienpreise zu demonstrieren.

Es herrschte Seewind, Kathrin Hansen atmete tief die kräftige salzhaltige Luft ein. Die Geschehnisse der letzten Tage wollten sie überrollen, sie musste sie ausbremsen, versuchte sich zu konzentrieren.

»Okay, Ava«, äußerte sie sich, »wir müssen das jetzt in Ruhe angehen. Also, von wem ist die Meldung eingegangen, und wo ist Bruntje gefunden worden?«

»Lars Lück, von der freiwilligen Feuerwehr, hat sie so gegen sieben Uhr auf ihrer Lieblingsbank am Dünenweg entdeckt. Lars ist völlig durch den Wind, war aber so geistesgegenwärtig und hat den Dünenweg gesperrt«, schob Ava Sari nach. Sie wusste um die Sorge ihrer Chefin wegen den Urlaubern.

»Lars wartet dort auf dich.«

»Wenigstens etwas Gutes«, presste Kathrin Hansen heraus. »Nicht auszudenken, wenn ein

Urlauber Bruntje gefunden hätte. Aber Ava nochmal, ist es wirklich sicher, dass sie ermordet wurde?«

»Ja, ihr wurde...«, dann hörte Kathrin Hansen nur noch ein heftiges Schluchzen.

»Ava, beruhige dich, ich bin schon auf dem Weg. Schick mir Olli und Maike nach. Ich melde mich, wie es weitergeht.«

Wenige Minuten später stapfte sie den Übergang am Hundestrand West hoch und entdeckte Lars Lück, der ihr zuwinkte. Zufrieden registrierte sie das rote Flatterband mit dem Aufdruck der Feuerwehr, das den Dünenweg absperrte.

»Super, Lars«, sagte sie und zeigte auf das Band.

»Hatte ich noch in der Jackentasche«, meinte er und blickte mit feuchten Augen zu der kleinen, verloren wirkenden Gestalt auf der Bank hin.

Stumm nickte Kathrin Hansen. In sich gekehrt mit Tränen in den Augen ging sie zu der Toten, betrachtete das alte, faltenreiche Gesicht, das sie so gut kannte. Es war ihr unmöglich, sofort mit dem sachlichen Teil der Untersuchung des Tatortes zu beginnen. Erst musste sie Abschied von der Frau nehmen, die sie ihr ganzes Leben begleitet hatte. Als Kind war sie oft mit Bruntje an den Dünen entlang gelaufen, hatte von ihr vieles über die Landschaft gelernt. In den Ferien hatte Bruntje ihr das Reiten beigebracht. Sie war eine enge Freundin der Großeltern gewesen, da gab es sonntags oft eine gemeinsame Kaffeetafel.

Versonnen registrierte Kathrin Hansen, dass die Tote ihre blaue, verwaschene Latzhose anhatte, also hatte Bruntje vorgehabt zu arbeiten. Auch mit über achtzig musste sie immer noch was zu tun haben. Und wie an jedem Tag war sie in aller Frühe zu ihrer Lieblingsbank gegangen, um mit Hein zu reden. Mit ihrem Mann, der bei einer Rettungsaktion auf See sein Leben gelassen hatte.

Schlagartig wurde Kathrin Hansen klar, dass der Mörder gewusst haben musste, wo er Bruntje finden würde.

In aller Herrgottsfrühe.

Da, wo weit und breit kein Mensch sein würde.

Ein Schauder lief Kathrin Hansen über den Rücken, als ihr bewusst wurde, was das bedeutete. Sie hörte, dass Lars etwas zu ihr sagte und gab sich einen Ruck. Es wurde Zeit, sie mussten loslegen.

»Nein Lars«, meinte sie auf seine Frage hin, ob er den Rettungsdienst benachrichtigen sollte. »Bruntje kann keiner mehr helfen, ich lasse die Pathologin und das Team aus Wittmund kommen, bis dahin dürfen wir hier nichts anrühren.« Mit feuchten Augen registrierte sie den unnatürlich verdrehten Kopf der Toten, zog ihr Handy aus der Tasche und rief Heidkamp an.

14. KAPITEL

In kürzester Zeit, nachdem Kathrin Hansen ihn über den Mord an Bruntje Klaas informiert hatte, war Kriminalrat Heidkamp mit der Pathologin und zwei Leuten von der Kriminaltechnik per Heli auf Langeoog gelandet. Den Tatort müsste er sich persönlich ansehen, sonst könnte er das nicht glauben, so seine Reaktion. Doch dann, als er die alte Frau sah, als ihm klar wurde, dass man ihr das bisschen Leben, das noch vor ihr lag, durch Brechen des Halswirbels genommen hatte, bemerkte Kathrin Hansen, wie Tränen über sein Gesicht liefen.

Stumm beobachtete Heidkamp die Arbeit seiner Leute und war erst nach einer ganzen Weile fähig, sich mit Kathrin Hansen unterhalten zu können. Gebürtig auf Langeoog, war er oft bei Bruntje Klaas zuhause gewesen, hatte mit ihr so manche Tasse Tee getrunken, während sie sich über Gott und die

Welt unterhalten hatten. Er wusste, um ihren Kampf gegen die Immobilienhaie, hatte sie bei so mancher grenzwertigen Aktion vor einer Anzeige bewahrt. Wenn Heidkamp daran dachte, was man Bruntje für ihr großes Anwesen geboten hatte, zog er jetzt noch über ihre Standfestigkeit den Hut. In dem Moment wurde ihm bewusst, dass Bruntje nie über ihre Familie gesprochen hatte. Bei der folgenden Besprechung würde dieser Punkt Priorität haben, beschloss er.

Stunden später, nach Freigabe des Tatortes, hatte Heidkamp die Truppe zu einem Imbiss in den Fährmann eingeladen. Es herrschte gedrückte Stimmung, jeder versuchte, mit dem grausigen Ereignis klarzukommen. Selbst die Runde Ostfriesen Schnaps, die Heidkamp orderte, brachte keine wirkliche Entspannung.

Mit den Fingern trommelte er auf die dicke Holzplatte des Tisches und meinte, wenn das so weiterginge, könnten sie auf der Insel einen *Tatort* drehen. Dann gab er sich einen Ruck und blickte mit gefurchter Stirn in die Runde.

»Weiß einer von euch, wer der Erbe von Bruntje ist, hatte sie möglicherweise Familie auf dem Festland?«

»Genau das habe ich mich auch schon gefragt«, antwortete Kathrin Hansen. »Kinder hatte sie keine, doch ich weiß, dass es da einen Bruder gab, aber ich glaube, zwischen ihnen lief es nicht besonders gut. Jedenfalls hat Bruntje ihn in den letzten Jahren nicht mehr erwähnt.«

»Der lebt nicht mehr«, warf Friedrichs ein.

»Meine Tante hat das mal erwähnt. Ist schon Jahre her. Es war auch mal was mit seinem Sohn, der muss wohl einige Probleme bereitet haben.«

»Gut, kommen wir zurück zu den Fakten, zu den Tätern.«

Heidkamp fuhr sich mit der Hand über die Augen und Kathrin Hansen bemerkte seinen müden Gesichtsausdruck.

»Eindeutig waren die Täter Profis«, resümierte Heidkamp.

»Killer.

Gefühllose Gewaltverbrecher.

Für mich macht es immer noch einen Unterschied, ob man einen Menschen erschießt, oder aber einer jungen Frau die Halsschlagader aufschlitzt und einer alten Frau das Genick bricht. So etwas machen Täter, die Übung darin haben.« Heidkamp blickte auf die Uhr und bat Ava Sari, in Wittmund nachzufragen, ob es schon eine Abbildung von dem verdächtigen Syrer gäbe.

»Es wird Zeit, dass wir vorankommen«, knurrte er. »Sobald die Identität des Mannes bekannt ist, durchkämmen wir jedes Hotel, sehen uns die privaten Vermietungen an, und lassen von der Inselverwaltung eine Liste der fremden Eigentümer ausdrucken.«

Ernst blickte Heidkamp jeden einzelnen in der Runde an.

»Und dass mir keiner von euch auf die Idee kommt, alleine gegen einen Verdächtigen vorzugehen. Zudem ich glaube, dass es da noch mehrere von den Typen gibt. Gegen diese Killer hättet ihr keine Chancen. Wenn es denn so weit kommen sollte, werde ich eine Sondereinheit auf die Insel bringen.«

Sondereinheit auf die Insel bringen, Kathrin Hansen wurde es schlecht. Sie stellte sich vor, wie das vonstattengehen würde. Hatte vor Augen, wie die Feriengäste ihre Koffer packten und fluchtartig die Insel verlassen würden. Nein, das würde sie verhindern, notfalls auch gegen den Willen des Kriminalrats.

»Ein Sonderkommando hier auf die Insel einzusetzen, ist ja wohl die letzte Option«, meinte sie bestimmt. »Haben wir den Mann, oder die Täter ermittelt, werden wir entscheiden, wie es gemacht wird. Schließlich tragen wir die Verantwortung für das Ansehen der Insel. Und da wird es in Zukunft nicht heißen: Langeoog, die Mörderinsel.«

Erregt trank sie einen Schluck Kaffee und setzte mit Nachdruck die Tasse ab.

Heidkamp stöhnte auf, er kannte die Einstellung seiner Hauptkommissarin zur Genüge, um zu wissen, dass jede Widerrede zwecklos war.

»Hier kommt die Nachricht von der Polizeiinspektion«, sagte Ava Sari in dem Moment, blickte auf den Monitor und klickte auf Drucken.

»Wow, der sieht aber gar nicht wie ein Massenmörder aus«, sagte sie überrascht und machte für jeden Anwesenden einen Ausdruck.

Eingehend betrachtete Kathrin Hansen das Foto und musste Ava recht geben. Der Mann hatte ein gut geschnittenes männliches Gesicht, wobei der grausame Zug um die Mundpartie ahnen ließ, dass mehr dahintersteckte. Sie überflog die wenigen beigefügten Textzeilen. Demnach stand Yusuf Baka seit drei Jahren im Visier des Ausland Geheimdienstes. Er wurde beschuldigt, die Exekutive des syrischen Herrschers auszuüben, verantwortlich für die Massaker von tausenden Menschen zu sein. Bei Kriegshandlungen wären ihm Gefangene nur lästig, hieß es, er ließe sie gleich hinrichten.

Seitens des internationalen Gerichtshofes würde derzeit ein Haftbefehl vorbereitet.

»Wahnsinn, ich fasse es nicht«, stöhnte Kathrin Hansen. »Ein solches Monster auf unserer Insel, mitten unter den Feriengästen, unter den Familien, das ist ja kaum vorstellbar.«

Es blieb eine Weile still in der Runde, jeder betrachtete das Foto und hing den schlimmsten Vorstellungen nach. Schließlich brachte Maike Jansen, Kriminal Assistentin und jüngste in der Runde, es auf den Punkt.

»Das Schwein muss weg.

Muss runter von unserer Insel«, sagte sie erbost. »Wir müssen sofort los, um ihn aufzuspüren.« Sie bemerkte die fragenden Blicke ihrer Kollegen und drückte den Rücken durch.

»Wie eben schon gesagt wurde, klappern wir die Hotels ab, zeitgleich müssen der Bahnhof und Fähranleger kontrolliert werden, das gilt auch für den Flug- und Yachthafen. Yachthafen deshalb, weil ich vermute, dass dieser Dreckskerl genug Kohle hat, um einen solchen Kahn zu besitzen.«

Heidkamp war der gleiche Gedanke gekommen und er nickte Maike Jansen zu.

»Wäre gut möglich, ihm wird klar sein, dass er im Blickfeld des Geheimdienstes steht und

Kontakte vermeiden wollen. Ein Flieger käme auch infrage, doch das glaube ich eher nicht. Also, ich kümmere mich um den Yachthafen, werde die Bootseigner ausfindig machen. Wobei ich mir nicht allzu viel davon verspreche. Gewöhnlich sind Mittelsmänner im Spiel, die Luxusgüter wie Hochseeyachten mit Schwarzgeld erwerben.

Unter dem Motto: Es lebe die Geldwäscherei.

Doch ein anderer Gedanke, mit dem ich nicht klarkomme: Was könnte Bruntje Klaas mit solchen Leuten zu tun gehabt haben? Zwischen ihr und diesem Yusuf Baka liegt doch ein Universum. Hier passt doch absolut nichts. Soll heißen, dass wir nicht ausschließlich davon ausgehen können, dass aufgrund der professionellen Art, wie Bruntje getötet wurde, es der gleiche Täter, wie bei Ceylin Siham gewesen ist.«

»Genau, wir müssen die Motive herausfinden«, warf Kathrin Hansen ein.

»Wissen wir, aus welchen Gründen die beiden ermordet wurden, haben wir den roten Faden. Und hier komme ich auf unsere erste Frage zurück, wer beerbt Bruntje Klaas?«

Kathrin Hansen konzentrierte sich auf Ava Sari, die bei Recherchen alles herausbuddelte, was das Netz hergab.

»Ava, das ist deine Aufgabe. Stelle fest, ob es Verwandte von Bruntje gibt und finde heraus, welcher Notar ihren Nachlass regelt. So, wie ich Bruntje gekannt habe, hat sie dies alles ordentlich festgelegt. Wenn wider Erwarten das nichts bringt, setzen wir einen Aufruf in die Zeitung.
Übrigens Zeitung«, sie sah Heidkamp an, »eben kam eine Anfrage vom *Insel Report*, die Redaktion hätte Informationen, dass es auf Langeoog zwei Morde gegeben hätte. Wann denn mit einer Pressekonferenz zu rechnen wäre, die Öffentlichkeit müsste doch schließlich gewarnt werden.« Frustriert atmete Kathrin Hansen durch. »Es ist unglaublich, dass die Zeitung von den Geschehnissen erfahren hat, es besteht doch Nachrichtensperre.«

Auf ihrer Stirn bildeten sich Gewitterwolken.

»Einer der Kollegen muss mal wieder nicht dichtgehalten haben«, sie blickte den Kriminalrat an, »von uns hier war es jedenfalls keiner.«

»Ich kümmere mich darum«, kommentierte Heidkamp.

»In jüngster Zeit sind einige interne Informationen in diesem Blatt aufgetaucht, das stinkt gewaltig. Fehlt nur noch, dass sich ein Kollege für die Informationen schmieren lässt.«

Kathrin Hansen hatte da ihren speziellen Verdacht, hielt sich aber zurück.

»Okay«, sie faltete den Ausdruck mit dem Foto von Yusuf Baka, erklärte, dass sie damit zum Schulungs-Center fahren und Bahira Amana vorlegen würde.

»Wenn uns einer verbindlich bestätigen kann, dass es sich hierbei um den Schlächter von Hama handelt, dann ist es diese Frau. Sie und ihre ermordete Freundin haben im engsten Umfeld dieses Menschen gelebt.

Bei einer Identifizierung werden wir überlegen, wie wir ihn festsetzen können.

Ohne, dass die ganze Insel in Schreckstarre verfällt«, fügte sie mit Blick auf Heidkamp hinzu.

15. KAPITEL

Mit gerunzelter Stirn warf Maartens einen Blick auf das Handy. Ungeduldig wartete er auf eine Nachricht. Vor Stunden hatte ihm die Hauptkommissarin das Foto des verdächtigen Syrers geschickt und ihren Kommentar, dass der Mann nun nicht gerade wie ein Massenmörder aussah, hatte er bestätigen können. Was für ihn aber nicht unbedingt eine Überraschung war. In seiner Laufbahn hatte er viele Täter kennengelernt, denen man die Verbrechen, die sie begangen hatten, nie zugetraut hätte. Sofort nach Erhalt der Mitteilung hatte er Kontakt zu seinem alten Bekannten Schneyders beim BKA aufgenommen. Dieser hatte versprochen, seine Verbindungen anzuzapfen und sich zu melden, so bald Ergebnisse vorlägen.

Über den Mord an der alten Insulanerin war Maartens entsetzt. Für ihn war es unfassbar, auf welche Weise sie getötet wurde. Wenn es auch für Bruntje Klaas ein Sekundentod gewesen ist, für ihn war es emotional ein Schock. Seit er von dem Verbrechen wusste, arbeitete es in ihm. Einem Menschen durch gewaltsames Drehen des Kopfes den Halswirbel brechen, konnten nur Profis. Und wie grausam und gefühllos musste ein solcher Mensch sein, um das bei einer alten, friedlichen Frau zu praktizieren, fragte sich Maartens. Von daher würde es zu dem sogenannten Schlächter von Hama passen.

Nur, in welcher Verbindung konnte ein solcher Mann zu Bruntje Klaas stehen? Bei diesen Überlegungen bekam Maartens einfach keine Linie gezogen. Immer mehr gelangte er zu der Ansicht, dass für die beiden Morde verschiedene Täter verantwortlich waren. Selbst der Verdacht, dass Yusuf Baka seine Landsmännin Ceylin Siham getötet hatte, war für Maartens nicht endgültig gesetzt. Die Frau war alleine am Strand gewesen, hatte sich möglicherweise in den Dünen ausgezogen, um ihre neuen Strandsachen anzuprobieren und war von einem Sexualverbrecher beobachtet worden. Von einem Menschen, der sich nicht mehr in der Gewalt hatte. Wobei jedoch die Tötungsart dem widersprechen würde.

Es war wie verhext, Maartens kam sich vor, als wenn er in eine Sackgasse geraten wäre.

Unruhig blickte er aufs Handy und überlegte, ob es sinnvoll wäre, die Hauptkommissarin anzurufen. Nachfragen, ob es neue Ergebnisse geben würde, als ein Pling den Eingang einer Mail ankündigte.

Schneyders.

Mit gerunzelter Stirn las er den Text. Yusuf Baka war tatsächlich als Schlächter von Hama in die syrische Kriegsgeschichte eingegangen. Zurzeit lief in Den Haag beim internationalen Gerichtshof ein Verfahren, um ihn als Kriegsverbrecher anklagen zu können. Als Befehlshaber der gefürchteten Militär Exekutive war Yusuf Baka für etliche Kriegsverbrechen verantwortlich. Doch solange der Antragsprozess auf Anklage noch lief, war Yusuf Baka ein freier Mann und konnte sich in jedem Land der Erde öffentlich zeigen.

Na toll, dachte Maartens, dann kann er sich ja in der Zeit noch richtig austoben. Die Messer wetzen, damit er nicht aus der Übung kommt. Und steht der internationale Haftbefehl, verkriecht er sich bei seinem Herrn und ist unerreichbar.

Plötzlich überfiel Maartens ein starkes Verlangen, sich diesen Mann auf der Insel zu schnappen und festzusetzen. Ihn so lange in ein Loch bei Wasser und Brot einzusperren, bis in Den Haag eine Entscheidung zustande kam.

Dann jedoch drängte sich ihm wieder die Frage auf, was so ein Mensch auf Langeoog wollte. Für hier Krieg zu spielen, war die Bühne nicht geeignet, geschäftliche Unternehmungen waren auch nicht zu vermuten.

Abschließend stand in der Mail, das Yusuf Baka vor einer Woche in Frankfurt gelandet war und während seines dortigen Aufenthaltes vom Inlands Geheimdienst observiert wurde. Drei Tage hielt er sich in einem mondänen Hotel auf, ließ sich dann einen Mietwagen kommen und verließ die Stadt in Richtung Norden. Kontakte zu anderen Personen konnten nicht festgestellt werden. Ziel und Zweck seines Aufenthaltes in Deutschland war unbekannt. Nun, das Ziel kennen wir, dachte Maartens, ob der Zweck die Ermordung der jungen Syrerin war, wird sich zeigen. Doch er glaubte nicht daran.

Mit diesen Gedanken leitete er die Mail mit einem Vermerk an die Hauptkommissarin weiter.

Es war dann doch recht spät geworden, als Kathrin Hansen Dienstschluss hatte. Nach Erhalt der Mail von Maartens hatte sie versucht Kontakt zu den Leuten des Geheimdienstes aufzunehmen, die in Frankfurt Yusuf Baka observiert hatten. Sie wollte nachhaken, ob der Mann sich nicht doch mit jemand getroffen hatte. Doch es war aussichtslos. Schon in der Vermittlungsstelle der Behörde versuchte man sie abzuwimmeln. Hartnäckig schaffte sie es dann doch bis zur verantwortlichen Abteilung, aber da war Schluss. Informationen telefonisch weitergeben, ein Unding, teilte man ihr mit. Frustriert hatte Kathrin Hansen das Gespräch beendet und nochmals Maartens angerufen, doch vor den Toren dieser Behörde hörten auch seine Kontakte auf.

Aber so schnell gab Kathrin Hansen nicht auf. Am kommenden Morgen würde sie Kriminalrat Heidkamp darauf ansetzen, er sollte seine Verbindungen spielen zu lassen.

Nun endlich zuhause, überraschte sie Hindrik dabei, wie er sich in der Küche am Backofen zu schaffen machte. Gut aufgelegt, meinte er schmunzelnd, er hätte ein kleines Abendessen vorbereitet. In etwa zehn Minuten könnten sie essen.

»Prima, das passt«, antwortete Kathrin Hansen in Vorfreude auf das Essen. »Ich gehe dann noch schnell duschen.«

Kleines Abendessen!

Mit spürbarem Appetit betrachtete sie die alte eiserne Pfanne, in der zwei goldbraun gebratene Seelachsfilets, bedeckt mit gerösteten Zwiebelringen, leicht vor sich hin brutzelten.

Himmlisch.

Mit Blick auf die Schüssel auf dem Tisch, gefüllt mit Backofenkartoffeln, die Hindrik mit Olivenöl und Kräutern aus der Provence eingepinselt hatte, lief Kathrin Hansen das Wasser im Munde zusammen. Wie so oft, wusste sie die Aufmerksamkeiten ihres Lebensgefährten mal wieder zu schätzen.

Während des Essens berichtete Hindrik, das Azmi auf dem Festland wäre, und dass es ihm gut ginge. Von der Familie eines Wittmunder Polizisten, der selbst zwei Jungs in Azmis Alter hat, war er freundlich aufgenommen worden. Azmi hätte sich schnell integriert, so hatte der Kollege gemeldet. Etwa dreißig Kilometer von Bensersiel entfernt befand sich der Wohnort der Gastfamilie und außer Kriminalrat Heidkamp wusste niemand etwas von diesem Vorgang.

Zufrieden, dass alles gut abgelaufen war, trank Hindrik einen Schluck Bier und bemerkte den nachdenklichen Blick seiner Lebensgefährtin.

»Der zweite Mann«, äußerte sich Kathrin Hansen und legte ihre Stirn in Falten.

»Bei der Attacke auf dich gab es doch einen zweiten Mann. Es war doch so, dass einer die Frau bedrängte und ein anderer aus dem Nichts auftauchte und dich niederschlug.

Richtig?«

Hindrik nickte zustimmend.

»Okay«

Kathrin Hansen drehte ihr Handy zu ihm hin und tippte auf das Foto von Yusuf Baka.

»Kannst du vielleicht doch eine Ähnlichkeit zwischen einem der beiden Männer und dem hier erkennen?«

Eingehend betrachtete Hindrik die Gesichtszüge des Mannes, doch so gerne er weitergeholfen hätte, er fand keinen Anhaltspunkt. Schließlich schüttelte er unmerklich mit dem Kopf.

»Leider nein. Es gibt einfach nichts, woran ich mich erinnere.«

»Gut, ich wollte mich nur noch mal vergewissern, die Frage bleibt also offen. Offen ist auch immer noch, ob diese Männer die

Mörder von Ceylin Siham sind. Nach wie vor ist es denkbar, dass es durchgeknallte Typen waren, die sich an der Frau heranmachten, durch dich gestört wurden, und geflüchtet sind. In dem Fall wäre es möglich, das Ceylin Siham erst später ihre Mörder getroffen hat. Was für eine verworrene Geschichte«, seufzte Kathrin Hansen.

»Und dann der Tod von Bruntje Klaas, hier haben wir überhaupt noch keinen Anhalt.

Aber jetzt ist Schluss mit der Arbeit.«

Sie streckte ihren Rücken durch, hob ihr Glas und prostete Hindrik zu.

»Danke für das köstliche Abendessen, das war genau das, was mir gefehlt hat«, meinte sie und freute sich riesig, dass ihr Lebensgefährte schon wieder so weit hergestellt war, dass er Lust zum Kochen hatte. Eine Leidenschaft von ihm, die auch ihr zur gute kam. Besonders dann, wenn sie völlig kaputt, ohne auch nur die geringste Lust auf Küche, nach Hause kam. Und genau für diese Augenblicke schien Hindrik einen siebten Sinn zu haben.

Doch jetzt galt es noch eine Sache zu klären.

Sie musste Klarheit haben.

Immer stärker fühlte sie, wie die Angst, dass ihr Lebensgefährte mit HIV infiziert sein könnte, sie belastete. Gegen die schrecklichen

Vorstellungen, wie sich dann ihr gemeinsames Leben verändern würde, konnte sie einfach nicht an. Diese Gedanken mussten raus aus ihrem Kopf.

16. KAPITEL

Bereits kurz vor sechs Uhr erwachte Kathrin Hansen. Seit Tagen hatte sie mal wieder gut geschlafen und fühlte sich frisch und ausgeruht. Rückblickend ließ sie die Geschehnisse Revue passieren und beschloss, für neun Uhr eine Besprechungsrunde anzusetzen. Etwas früher wäre ihr lieber gewesen, doch sie wollte ihren Chef dabeihaben, und Heidkamp nahm gewöhnlich die Fähre um acht Uhr ab Bensersiel. Sie überlegte, ob sie Maartens dazu bitten sollte, war sich aber nicht sicher, ob der Kriminalrat das gerne sehen würde. Auch wenn Maartens ein alter Freund von ihm war, auch wenn beide schon mal gerne gemeinsam an einigen Strippen zogen, Maartens als Zivilist in einer dienstlichen Besprechungsrunde war eine andere Sache.

Möglicherweise würde sich das im Laufe der Besprechung ja noch ergeben. Vom Polderweg, wo Maartens wohnte, waren es nur ein paar Minuten bis zur Dienststelle.

Zufrieden bemerkte Kathrin Hansen, das Hindrik noch tief und entspannt schlief, stand leise auf und ging ins Bad für eine knappe Katzenwäsche. Duschen würde sie nach der Laufrunde am Strand.

Von ihrem Haus an der Höhenpromenade steuerte sie geradewegs den Strandzugang an und registrierte auflaufendes Wasser. Herrlich, entlang den sanft ankommenden Wellen zu laufen, mochte sie besonders gerne. Sich rechts haltend, lief sie in Richtung Sportstrand, und fühlte sich frei wie die Silbermöwen, die mit hellem Geschrei den Morgen begrüßten. Wieder einmal dachte sie daran, dass die Entscheidung, auf die Insel zu ziehen, die richtige gewesen war. Auch wenn der Crash mit ihrem Exmann sie bei diesem Entschluss unterstützt hatte, im Innern hatte sie schon immer gewusst, dass ihr Leben der Insel gehörte. So oft es ging, hatte sie als Kind bei ihren Großeltern auf Langeoog gelebt und war jedes Mal nur widerwillig in die Großstadt zurückgekehrt. Dort wohnte sie mit ihrer Mutter in einer von Hektik und Lärm geprägten Straßenflucht. Klar, als Stadtkind war sie aufgewachsen, aber ihr Herz gehörte der Insel.

Und seit es in ihrem Leben Hindrik gab, der sie nach der Scheidung aus ihrer depressiven Phase herausgezogen hatte, hatte sich der Kreis geschlossen. Ihre Zukunft lag auf der Insel, daran würde sich nichts mehr ändern.

Mit Blick aufs Handy stellte sie fest, dass es Zeit wurde unter die Dusche zu kommen. Mit der gerade eingegangenen Mail bestätigte Heidkamp, dass er um neun Uhr in der Dienststelle sein würde. Doch er bringe wenig Zeit mit, nachmittags hätte er einen Termin in der Polizeidirektion Osnabrück, schob er schon mal vorweg.

Sein Termin soll mir egal sein, dachte Kathrin Hansen, Heidkamp geht mir nicht eher weg, bis die weitere Ermittlungsarbeit steht. Ich will die Scheißkerle, die für die Morde verantwortlich sind, runter von der Insel haben. Sie brauchten Beweise, da selbst Indizien derzeit nur Schall und Rauch waren. Trotz allem, irgendetwas bewegte sich, ihr Bauchgefühl signalisierte es. Zuversichtlich erhöhte sie das Lauftempo.

Auf das gemeinsame Frühstück mit Hindrik verzichtete sie an diesem Morgen. Sie musste sich beeilen, vor der angesetzten Besprechung galt es einiges an Schreibkram zu erledigen. Etwas, worauf sie keinen Bock hatte, doch auch das gehörte zu ihrem Job. Beim Betreten der Dienststelle umschmeichelte sie verführerisch der Duft von frisch aufgebrühten Kaffee.

Herrlich.

Ava Sari wusste um ihre morgendliche Gier nach Koffein, ohne den sie nicht in die Pötte kam. Während sie sich eine große Tasse einschenkte, fragte sie nach, ob etwas Besonderes anstehe.

Laut Ava Sari keine Vorfälle.

Super!

Der Morgen fing schon mal gut an.

Gerade hatte sie den letzten Bericht geschrieben, als der Kriminalrat auftauchte. Bevor die Besprechung losging, setzte er sich wie gewohnt zu ihr ins Büro und meinte, der Duft nach Kaffee wäre an diesem Morgen besonders verführerisch. Und wie üblich, kam auch schon Ava Sari ins Büro und stellte ihm eine Tasse hin.

»Wie immer, schwarz wie die Nacht, Herr Kriminalrat«, sagte Ava Sari schmunzelnd und fühlte, wie Heidkamp leicht ihren Arm tätschelte.

»Danke, bei euch fühle ich mich jedes Mal wie zu Hause«, sagte er. Und genauso meinte er es auch. Von den Dienststellen, die seiner Polizeiinspektion angehörten, war diese hier quasi seine Heimat. Es waren die Menschen, die Insel, die Atmosphäre, einfach alles. Träumerisch dachte er an seinen Ruhestand, an die Entscheidung, die er mit seiner Elseke kürzlich getroffen hatte.

Schweigend nippte er an der heißen Tasse und studierte das Gesicht der Hauptkommissarin.

Eine Frau, die jahrelang im Morast der Großstadt Köln im Einsatz gewesen war.

Eine Frau, die bei Einsätzen gegen Mörder, Drogenhändler und Mafiatypen oft genug ihr Leben aufs Spiel gesetzt hatte.

Eine Frau, für die es nur Schwarz oder Weiß gab.

Klare Kante.

Immer.

Eine Frau, die sich für das Leben auf Langeoog entschieden hatte. Heidkamp freute sich über die Überraschung, die er für sie in petto hatte.

»Meine Frau lässt herzlichst grüßen«, sagte er schließlich und schlürfte genussvoll seinen Kaffee. Kathrin Hansen sah darüber hinweg, jeder hatte so seine Macken und sie wusste, dass ihr Chef sich bei dieser Angewohnheit wunderbar entspannen konnte.

»Danke. Elseke geht es hoffentlich gut?«, erkundigte sie sich. Für sie war Elseke Heidkamp so etwas wie eine mütterliche Freundin. Nach der Ehescheidung hatte Elseke sich oft mit ihr getroffen und sie aufgemuntert. Als warmherzige Frau hatte sie das Herz auf dem rechten Fleck, und wenn Kathrin Hansen in Wittmund war, kam sie an der Torte, die Elseke stets gebacken hatte, nicht vorbei. Als Hochschullehrerin stand sie, genau wie ihr Mann, kurz vor der Pensionierung, wodurch die Planung des Ruhestandes ins Licht rückte. Andeutungsweise hatte sie Kathrin Hansen bei ihrem letzten Besuch zu verstehen gegeben, dass sie und der Kriminalrat als Alterssitz Langeoog ins Auge gefasst hatten. Eigentlich hinge es nur noch von einer geeigneten Immobilie ab.

Heidkamp musste Gedanken lesen können.

Ein Lächeln zeichnete sich auf seinem Gesicht ab.

»Es gibt private Neuigkeiten«, meinte er und die Lachfalten um seine Augen vertieften sich.

»Wir haben hier auf Langeoog was gefunden.«

In seinen Augen sah Kathrin Hansen ein Leuchten, wie sie es schon lange nicht mehr bei ihm gesehen hatte.

»Sie meinen eine Immobilie?«

»Genau. Sie erinnern sich doch an das Haus von diesem Russen, diesem Tolski, der in unserem letzten Fall nicht gerade eine gute Figur gemacht hat?«

»Sagen Sie bloß, Sie haben sich für das Haus im Kavalierpad entschieden. Für dieses luxuriöse Anwesen?«

Heidkamp druckste herum, schlürfte wieder ausgiebig den Kaffee und gab sich einen Ruck.

»Ja, stimmt. Ist eigentlich eine Nummer zu groß für Elseke und mich. Doch dann haben wir überlegt, dass wir das gesamte Souterrain, wo Tolski seine Arbeitsräume, Bar und den Wellnessbereich hatte, als Wohnraum umgestalten werden. Als Wohnraum für junge Leute, die auf Langeoog arbeiten und leben wollen. Wir möchten so einen kleinen Beitrag leisten, um die auf der Insel herrschende Wohnungssituation ein klein wenig zu mildern. Würden wir als Ferienwohnung vermieten, wären die Einnahmen zwar beträchtlich höher, der soziale Aspekt ist uns jedoch wichtiger.«

Heidkamp bemerkte den nachdenklichen Blick seiner Hauptkommissarin und ahnte, was ihr durch den Kopf ging.

»Sie müssen sich keine Sorgen machen, in der Nachlassangelegenheit des verstorbenen Besitzers ist alles geregelt. Wegen den ungewöhnlichen Umständen, unter denen das Haus genutzt wurde, hat sich die Familie entschieden, das Anwesen so schnell wie möglich zu veräußern. Damit sollen die Erinnerungen an die Verbrechen, die zwei ihrer Vorfahren auf der Insel begangen haben, für immer ausgelöscht werden. Und da in dieser Familie Geld keine Rolle spielt, haben sie die Immobilie weit unter Wert zum Verkauf angeboten.

Wenn man so will, für Elseke und mich ein wahrer Glücksfall«, griemelte Heidkamp.

Erleichtert atmete Kathrin Hansen auf.

»Na, dann ist ja alles gut. Ich hatte schon Sorge, dass Sie mit diesem Tolski Clan in Schwierigkeiten geraten könnten. Aber jetzt freue ich mich für Sie und Elseke riesig.«

Spontan stand Kathrin Hansen auf, ging zu Heidkamp, drückte ihn fest und gab ihm einen Kuss auf die Backe. Dabei bemerkte sie, wie seine Augen feucht wurden. Auch sie stand nahe am Wasser.

»Willkommen auf Langeoog«, sagte sie mit belegter Stimme.

Um seine Verlegenheit zu überdecken, blickte der Kriminalrat auf die Uhr und meinte, sie müssten mit der Besprechung loslegen, da er die Fähre am Mittag erreichen müsste.

Im Besprechungsraum blickte Kathrin Hansen in die Runde und bemerkte die Blicke, die sich Maike Jansen und Friedrichs zuwarfen. Blicke, die Schönes berichteten. Na, die beiden haben es nun aber richtig dicke miteinander, dachte sie und fand, dies wäre eine gute Mischung. Friedrichs, der ruhige etwas steife Ostfriese, und Maike Jansen, die quirlige temperamentvolle Blüte vom Festland, ergänzten sich perfekt.

»Olli und Maike, wieweit seid ihr mit dem Abklappern der Hotels im Hinblick auf Yusuf Baka gekommen? Hat sich da was ergeben?«, unterbrach sie deren Geplänkel.

»Nichts«, erwiderte Friedrichs, »aber wir sind noch nicht ganz durch. Unser Schwerpunkt lag auf den großen Hotels, wir dachten, der Mann würde sich den Luxus solcher Häuser gönnen. Doch Fehlanzeige.«

»Könnte genau das Gegenteil sein«, schaltete sich Heidkamp ein.

»Je nachdem, mit welcher Absicht dieser Mann hier auf der Insel ist, ist es eher wahrscheinlich, dass er unsichtbar bleiben will. Dass er bewusst ein kleines Hotel gewählt hat, um nur wenigen Leuten über den Weg zu laufen. Wir haben es ja mit dem syrischen Jungen erlebt, der ihn erkannt hat. Baka muss damit rechnen, dass er als Kriegsverbrecher unter Beobachtung steht. Von daher«, Heidkamp zuckte mit den Achseln, »alles ist möglich.«

Mit gerunzelter Stirn blickte Kathrin Hansen ihren Chef an.

»Hieraus entnehme ich, dass die Überprüfung der Boote im Hafen, nichts gebracht hat?«

»So ist es.

Eine Hochseeyacht namens *Chronos* und ein kleineres Kajütboot haben wir herausgepickt, doch Fehlanzeige. Eigentümer der Yacht ist ein Industrieller aus Berlin, der dieses Jahr auf der Insel ein Haus gekauft hat. Wir haben ihn überprüft, der Mann ist sauber. Gut, er könnte natürlich den Syrer mitgebracht und bei sich zuhause als Gast haben, ist aber sehr unwahrscheinlich. Trotzdem lasse ich das überprüfen. Von Wittmund ist bereits ein Mann nach hier unterwegs, der wird das abklären. Ihr müsst euch also nicht weiter darum kümmern.

Dann noch das Motorboot, interessant, weil es bis dato dem Hafenamt unbekannt war. Leider ebenfalls Fehlanzeige. Ein Hafenarbeiter stand am Kai, als es anlegte und konnte beobachten, dass eine Frau das Boot gesteuert und nach dem Anlegen verlassen hat. Wie sich herausstellte, ist sie auf Einladung einer Freundin auf Langeoog.

Tja, alle anderen vor Anker liegenden Boote sind der Hafenmeisterei bekannt. Alles alte Kunden.«

Wenn auch nicht besonders überrascht, war Kathrin Hansen doch enttäuscht. Sie hätten ja auch mal Glück haben können.

»Aber ich habe doch etwas mitgebracht«, ließ sich Heidkamp aufmunternd hören. Er zog einen Umschlag aus der Jackentasche und entnahm ihm ein gefaltetes Blatt Papier.

»Hier ist die Analyse der Flüssigkeit, die in der Spritze war.«

Er blickte zu Friedrichs und Maike Jansen hin.

»Die Spritze, die ihr in den Dünen gefunden habt.«

Kathrin Hansen glaubte, der Boden würde auf sie zukommen. Sie sah Hindrik vor Augen, musste daran denken, was im nächsten Augenblick auf sie einstürmen könnte.

Mit glänzenden Augen blickte Heidkamp sie an, auch ihm war ein Fels von der Seele gefallen. Hindrik bedeutete ihm viel.

»Alles ist gut«, äußerte er sich beruhigend.

»Hindrik ist mit dieser verdammten Spritze nicht in Berührung gekommen.«

Sie konnte nicht mehr, die Anspannung der letzten Tage überrollte sie wie eine Springflut. Sie fühlte die haushohen Wellen nochmals über sich hereinbrechen, die schließlich in kleine, unbedeutende Brecher ausliefen. Tränen schossen Kathrin Hansen in die Augen, sie konnte nicht dagegen an. Schließlich wischte sie sich mit Hand über das Gesicht und blickte in die Runde.

»Entschuldigt bitte.«

Mit einem Lächeln sah sie zu Heidkamp hin.

»Da hat der Meeresgott es ja noch mal gut mit uns gemeint.«

Mit Genuss trank sie einen großen Schluck Kaffee und fragte, was denn nun genau diese Flüssigkeit in der Spritze gewesen ist.

»Ein Teufelszeug«, grunzte Heidkamp.

»Nachweislich war die Restflüssigkeit Heroin, gemischt mit K.o. Tropfen. Krasses Zeug. Ein Schuss, und in wenigen Minuten ist man bewusstlos. Hätte Hindrik diesen Mix im Blut gehabt, wäre er für Stunden ohnmächtig gewesen.«

»Was ist mit der Toten, mit Ceylin Siham, wurde bei ihr die Droge nachgewiesen?«, wollte Maike Jansen wissen.

Bestätigend nickte Heidkamp.

»Ja, ihr wurde das Zeug in einer hohen Dosis injiziert. Es muss sofort gewirkt haben. Wenigstens hat die junge Syrerin nicht mehr alles bewusst erlebt, was man mit ihr angestellt hat.« Heidkamps Stimme brach weg, betrübt griff er nach seiner Kaffeetasse.

Schließlich war es Ava Sari, die das Schweigen brach.

»Wie es aussieht, hat Bruntje Klaas einen Erben.«

Sie spürte, dass die Anspannung im Raum anstieg und tippte auf ihr iPad.

»Lüder Klaas, der Sohn ihres Bruders, ist der einzige noch lebende Verwandte von Bruntje. Und damit Alleinerbe.«

Verwundert meinte Friedrichs, der als gebürtiger Insulaner jeden Wattwurm auf der Insel kannte, von diesem Lüder Klaas hätte er noch nie gehört.

»Lebt auch nicht auf der Insel, sondern in Köln«, erklärte Ava Sari.

»Gibt es einen bekannten Notar als Nachlassverwalter?«, wollte Kathrin Hansen wissen.

»Ja, ein Dr. Friedemann Bönisch in Wittmund.«

»Kenne ich«, kommentierte Heidkamp.

»Der regelt auch meine privaten Angelegenheiten.«

Überrascht sah Ava Sari den Kriminalrat an.

»Das ist gut, während des Gesprächs mit Dr. Bönisch hatte ich den Eindruck, dass etwas nicht stimmt. Aber da der Notar meinte, er würde einen Eröffnungstermin für das Testament mit Lüder Klaas vereinbaren, war für mich die Angelegenheit erledigt. Trotzdem, da war etwas, das den Notar bedrückte, das habe ich ganz deutlich gespürt.«

Nachdenklich ließ Kathrin Hansen das Gehörte sacken, bei ihr hatte Bruntje Klaas nie von einem Neffen gesprochen. Und wenn Ava Sari glaubte, dass den Notar etwas bedrückte, dann war das auch so. Für so etwas hatte sie eine sensible Ader.

»Ich übernehme das mit dem Notar«, ließ sich Heidkamp vernehmen. »Wenn etwas nicht in Ordnung ist, kriege ich das heraus.«

Zustimmend nickte Kathrin Hansen.

»Gut, dann werden alle Spekulationen, ob der Neffe etwas mit dem Tod von Bruntje zu tun haben könnte, solange zurückgestellt.

Nun nochmals zu dem ersten Opfer.

Olli und Maike, ihr seht zu, dass Yusuf Baka gefunden wird. Haben wir ihn«, auf der Stirn von Kathrin Hansen bildete sich eine steile Falte, »wird's schwierig. Mit Alibi ist hier auf der Insel nichts, wenn der Mann sagt, dass er sich zur Tatzeit im Pirolatal die Dünenlandschaft angesehen hat, müssen wir ihm das Gegenteil beweisen. Doch wie soll das vonstattengehen? Was wir brauchen, ist seine DNA, aber die wird er uns nicht freiwillig geben.«

»Kathrin, lassen wir es darauf ankommen«, warf Maike Jansen ein. »Haben wir ihn erst einmal ermittelt, wird sich ein Weg finden.«

Besorgt konnte Kathrin Hansen heraushören, dass die junge Kriminal Assistentin schon eine bestimmte Idee hatte. Bereits in zurückliegenden Fällen war sie für eine Überraschung gut gewesen, doch das Ding hier war eine Nummer größer. Bei einem Massenmörder und Kriegsverbrecher galten andere Maßstäbe. Mit gefurchter Stirn sah sie ihre Kollegin an.

»Maike, und für alle nochmals, es werden keine Alleingänge gemacht. Ohne Abstimmung mit mir wird nichts unternommen. Haben wir uns verstanden?« Zufrieden registrierte sie das stumme Nicken und bemerkte, dass auch der Kriminalrat seine Zustimmung zeigte.

»Okay, wir haben jetzt«, sie blickte auf ihre Armbanduhr, »gleich elf Uhr. Ich fahre zum Flughafen und gehe mit Petersen die Passagierliste der letzten Woche durch. Angekündigt habe ich mich bereits. Irgendwie muss dieser syrische Scheißkerl ja auf die Insel gekommen sein. Und vergessen wir nicht, dass Hindrik von zwei Leuten attackiert wurde. Also, entweder haben die mit den Mordfällen nichts zu tun, oder aber Yusuf Baka hat einen Kumpel an seiner Seite, was die Situation auch nicht gerade entschärfen wird.«

»Ich habe da noch etwas, das sich quasi schon erledigt hat, trotzdem solltet ihr das wissen«, warf Heidkamp ein.

»Es geht um eine Anfrage an unseren Polizeipräsidenten.

Inoffiziell.

Ein wohl guter Bekannter von ihm aus Köln machte sich Sorgen um eine Mitarbeiterin seiner Lebensgefährtin. Diese führt eine Escort Agentur in Köln, hat auf Langeoog ein

Schulungs-Center, aus dem eine Teilnehmerin verschwunden ist. Ich nehme an, es handelt sich hier um die ermordete Ceylin Siham.«

»Genau«, bestätigte Kathrin Hansen.

»Das war, bevor die Inhaberin der Agentur mit mir gesprochen hat. Sie hat mir davon erzählt, dass sie ihren Lebensgefährten um diesen Gefallen gebeten hat. Zu dem Zeitpunkt war sie sich nicht sicher, ob Ceylin Siham sich nicht doch abgesetzt hatte. Isabella Martin, so heißt die Frau, wollte kein Aufsehen erregen.

Übrigens hat sie mir mitgeteilt, dass sie auf der Insel bleibt, bis die Tote zur Beerdigung freigegeben wird. Ceylin Siham wird nach Köln überführt und dort bestattet.«

»Sehr fürsorglich von der Frau«, meinte Friedrichs. »Aber können wir eigentlich davon ausgehen, dass die Agenturchefin mit dem Mord nichts zu tun hat?

Dass sie nicht hinter all dem steckt?

Vielleicht stellte sich die Syrerin quer, wollte nicht so, wie ihre Chefin. Ihre Ermordung hier auf Langeoog zu inszenieren, weit weg von Köln, wäre doch ein cleverer Schachzug.«

»Olli, da ist natürlich was dran, aber nein, ich glaube das nicht. Bezüglich des Alibis von Isabella Martin habe ich dieses überprüft, es ist wasserdicht, was natürlich nichts besagt.

Trotzdem, um Ceylin Siham elegant beseitigen zu können, hätte man mit ihr eine kleine Bootstour machen und sie im Meer versenken können. Sie war eine Unbekannte ohne Papiere, kein Hahn hätte nach ihr gekräht.

Im Moment sollten wir uns auf Yusuf Baka konzentrieren, er scheint die Schlüsselfigur zu sein. Was die Ermittlungen im Fall Bruntje Klaas betrifft, warten wir ab, was der Notar sagt. Und nun los, wir haben genug zu tun.«

17. KAPITEL

»Puh, bald reicht es mir«, stöhnte Maike Jansen.

»Und Hunger habe ich auch.«

In den letzten beiden Stunden hatten sie weitere Hotels abgeklappert und in der Inselverwaltung sich die Liste der Gäste angesehen, die auf Langeoog gebucht hatten, doch alles negativ.

Yusuf Baka blieb unsichtbar.

»Komm, ich hole uns Matjes Brötchen«, meinte Friedrichs, »und damit setzen wir uns auf eine Bank. Auch Polizisten brauchen mal eine Pause.«

Mit schlechtem Gewissen stimmte Maike Jansen zu, es ließ ihr einfach keine Ruhe, dass sie den Syrer nicht aufgespürt hatten.

»Okay, aber danach werde ich so lange suchen, bis ich den Typ entdeckt habe, das schwöre ich dir.«

Sie hatten Glück, nicht weit von der Strandhalle entfernt, fanden sie auf der Höhenpromenade eine freie Bank. Maike Jansen setzte sich hin, streckte die Beine weit von sich und biss herzhaft in das Matjes Brötchen. Friedrichs zeigte zu zwei Krabbenkutter hin, die weit draußen ihre Strecke abfischten, und meinte, das könnten Lars und Knut sein. Natürlich Kumpels von ihm.

»Es ist eigentlich noch zu früh für einen guten Fang, die Hochsaison beginnt gewöhnlich erst ab Mitte Sommer«, erklärte er. »Aber auch hier macht sich der Klimawandel bemerkbar. Mit dem Ansteigen der Wassertemperatur steigt auch das Krabbenaufkommen. Wenn es so bleibt, werden die Preise wieder fallen.«

Eigentlich stand Maike Jansen mehr auf Hering, doch Olli zuliebe aß sie schon mal ein Krabben Brötchen mit. Sie rückte näher an ihn heran und lehnte ihren Kopf an seine Schulter. Ihre Gedanken wanderten zu seinem kürzlich geäußerten Vorschlag, dass sie zusammenziehen sollten. Spontan hätte sie am liebsten sofort ja gesagt, Olli war für sie der Mann ihres Lebens. Doch dann spukten die Geschehnisse der Vergangenheit durch ihren

Kopf, das zerrüttete Eheleben ihrer Eltern, die glaubten, ihre ständigen Streitigkeiten und Sticheleien hätten sie vor ihr verbergen können. Als ob man das vor seinem Kind könnte. Schließlich der familiäre Weltuntergang, als sie erfahren musste, dass sowohl ihr Vater, wie auch ihre Mutter, Liebhaber hatten. Damals hatte sie sich geschworen, niemals zu heiraten und nie mit einem Mann zusammenzuziehen. Und die Windhunde, die sie in ihrer Sturm- und Drangzeit kennengelernt hatte, hatten ihre Meinung nur noch bestätigt.

Doch bei Olli war das anders. Er war ein Mensch, auf den sie sich verlassen konnte, den auch eine Sturmflut nicht umwarf, der zu seinem Wort stand. Auch wenn er als Kind der Insel nicht gerade das Herz auf der Zunge trug, spürte sie das starke Tau, das sie verband. Wenn es sich auch zähflüssig aufgebaut hatte, war es nun wie eine Ankerkette, die bei hohem Wellengang das Schiff sicher im Hafen hielt.

Maike Jansen wippte mit den Füßen, blickte sich um, ob keiner in der Nähe war und gab Olli einen schnellen Kuss auf den Mund.

»Bin ich froh, dass ich dich Wattwurm habe«, meinte sie grinsend. »Und am Dienstagabend gehen wir zum Dünensingen.

Anschließend lade ich dich zum Essen ein. Ich habe noch einiges gutzumachen.«

Friedrichs konnte sich zwar nicht erklären, was sie mit gutzumachen meinte, aber jede Minute in ihrer Gesellschaft war für ihn eine Zeit des Glücks.

»Aber jetzt los«, unterbrach Maike Jansen seine Gedanken. »Sehen wir zu, dass wir die Täter gefasst kriegen, sonst sehe ich für die Ruhe auf unserer Insel schwarz. Ich habe läuten hören, dass in Wittmund das Thema Sonderkommission im Raum steht. Diese soll uns bei der Aufklärung der Mordfälle helfen. Wie das ausgehen würde, kann man sich ja vorstellen. Aber Olli, sag nichts Kathrin davon, die hat genug um die Ohren, das würde sie nur noch mehr aufregen.«

Vor der Buchhandlung bogen sie gerade in den schmalen Weg Zum Wasserturm ein, als Maike Jansen abrupt stehen blieb und Friedrichs am Arm fasste. Eines der letzten Häuser war das Hotel Dünenkieker, das gerade ein Mann verließ. Ein Mann, den sie kannte, wenn auch nur vom Foto.

Yusuf Baka, der Syrer.

Aus den Augenwinkeln heraus checkte sie ihn genauer. Er war es tatsächlich. Um die schmale Sackgasse verlassen zu können, musste er nahe an ihnen vorbeigehen. Reaktionsschnell drehte sie sich zu Friedrichs hin, presste sich an ihn und küsste ihn so intensiv, als ob es nichts anderes auf der Welt gäbe. Sie bemerkte, dass Yusuf Baka kurz zu ihnen herüberblickte, den Kopf schüttelte, ansonsten aber weiter keine Notiz von ihnen nahm.

»Hilfe«, stieß Friedrichs heraus, »was war das denn?«

»Wir haben ihn«, jubelte Maike Jansen leise.

»Olli, das war unser Mann.«

Verblüfft blickte Friedrichs Yusuf Baka hinterher, der in Richtung Wasserturm ging. Gekleidet mit einem hellen Anzug, auf dem Kopf ein weißer Strohhut, machte er für einen Strand Urlauber einen eher etwas zu eleganten Eindruck. Allerdings konnte Friedrichs sich auch schlecht vorstellen, dass dieser Mann auf Langeoog war, um Ferien zu machen. Aufmerksam beobachtete er dessen geschmeidigen Gang, seine breiten Schultern, die aufrechte Gestalt. Dieser Mann war extrem gefährlich, das spürte Friedrichs fast körperlich.

»Olli, wir dürfen jetzt keinen Fehler machen, er darf uns nicht mehr sehen.«

Maike Jansen stand unter Spannung.

»Solche Menschen haben einen siebten Sinn, er könnte ahnen, dass wir ihn auf dem Bildschirm haben.«

Zustimmend nickte Friedrichs und überlegte, wie sie vorgehen könnten.

»Ich sehe das auch so, aber wir müssen wissen, was er unternimmt. Wir machen es so: Während du zum Hotel gehst und dich erkundigst, ob er dort Gast ist, werde ich ihm folgen. Könnte ja sein, dass er im Dünenkieker nur zum Essen war und ganz woanders wohnt. Und frag mal nach, ob er mit anderen Leuten gesehen wurde. Ich denke da an den zweiten Mann, der bei der Auseinandersetzung mit Hindrik dabei war.«

»Okay, ich informiere Kathrin, dass wir ihn haben. Aber Olli«, besorgt blickte Maike Jansen ihn an, »du bist vorsichtig, der Mann ist ein Killer. Für ihn ist Töten so etwas wie Sport.«

»Mach dir keine Gedanken, der wird mich nicht bemerken, doch jetzt muss ich los.« Friedrichs drückte Maike Jansen kurz und schlenderte gelassen wie ein Urlauber in die Richtung, wo er Yusuf Abdal noch ausmachen konnte.

Auf dem Weg zum Dünenkieker informierte Maike Jansen die Hauptkommissarin, dass sie dem Syrer begegnet waren. Sofort machte sich bei Kathrin Hansen ein flaues Gefühl bemerkbar.

»Wie nahe seid ihr ihm gekommen, könnte er euch bemerkt haben?«, fragte sie besorgt.

»Sehr nahe«, antwortete Maike Jansen vergnügt, »aber mach dir keine Sorgen, in dem Moment habe ich Olli so abgeknutscht, dass der Mann uns unmöglich erkennen konnte.«

Einen Moment blieb es still, Kathrin Hansen versuchte sich vorzustellen, wie das gelaufen sein könnte. Maike Jansen und Friedrichs als Liebespaar beim Knutschen in der Öffentlichkeit. Wie sie ihre Kollegin kannte, hatte sie das mit überzeugender Hingabe gemacht.

»Okay, dann ist es ja nur gut, dass wir derzeit in Zivilklamotten rumlaufen«, äußerte sie sich schließlich. »Sonst wärt ihr morgen im Insel Report das Liebespaar des Jahres.« Bei dem Gedanken fiel Kathrin Hansen ein, dass sie dem Redaktionsleiter der Zeitung auf die Füße treten wollte. In der letzten Ausgabe wurde über den Tod von Bruntje Klaas berichtet. Mit Einzelheiten, die nur der Polizei bekannt sein durften. Tatsächlich musste ein Kollege Internes an die Redaktion weitergegeben haben. Und wenn Kathrin Hansen an das

Pärchen dachte, dass sie kürzlich in einer Wittmunder Kneipe beobachtet hatte, ahnte sie, wem sie diese Indiskretion zu verdanken hatten.

Trotzdem, die Zeitung hatte Verantwortung der Bevölkerung gegenüber, Angst und Panik zu verbreiten, durfte nicht das Ziel sein.

»Wo seid ihr im Moment?«, fragte sie.

Maike Jansen schilderte die Situation und Kathrin Hansen überlegte, ob sie beim Dünenkieker dazukommen sollte. Doch dann entschied sie sich dagegen.

»Gut, Maike, sollte der Syrer dort logieren, müssen wir wissen, seit wann. Für wie lange er eingecheckt hat und ob es da noch einen zweiten Mann gibt. Ist das so, müssen wir herausfinden, wer er ist.

Aber Maike, ganz dezent.

Ist zu viel Betrieb, lässt du es. Wir dürfen kein Aufsehen erregen.«

Vor dem Hotel informierte Maike Jansen sich durch einen Werbeaushang über das Haus und betrat das Foyer. Erleichtert stellte sie fest, dass sich kein Mensch darin aufhielt. Unbesetzt war auch die Rezeption. Super, fuhr es ihr durch den Kopf, hoffentlich bleibt das so. Verstohlen hielt sie nach Kameras Ausschau.

Es gab keine.

Die Chance.

Ohne groß zu überlegen, dass sie überrascht werden könnte, steuerte sie den Bildschirm an der Rezeption an und konnte ihr Glück kaum fassen. Auf dem Monitor sprang ihr der Reservierungsplan für den Monat entgegen. Die müssen gewusst haben, dass ich komme, schoss es ihr vergnügt durch den Kopf. Mit dem Handy machte sie blitzschnell ein Foto, blätterte die Datei einen Monat zurück und dokumentierte auch diese Seite. Immer noch überrascht über das Glück, das sie hatte, verließ sie die Rezeption und setzte sich wie ein wartender Gast in einen der Sessel. Angespannt lauschte sie, ob sich was tat, ob sie bemerkt worden sei, doch das Haus schien wie ausgestorben. Schon wollte sie unauffällig verschwinden, als ein Gedanke sich in ihr festsetzte. Sie überflog auf ihrem Handy die Gästeliste und blieb bei dem Namen Sinan Mousa hängen. Es gab noch weitere Gäste, alles Ehepaare.

Sinan Mousa, ein Name, der fremdländisch klang und nichts über die Nationalität des Trägers aussagte. Dahinter könnte sich Yusuf Baka verstecken, überlegte sie.

Wie festgeklebt blieb ihr Blick an der Zimmerbezeichnung hängen, die Mahnung ihrer Chefin drängte sich in ihr Bewusstsein. Hin- und hergerissen dachte sie an die Chance, Beweismittel in die Hand zu bekommen. Eine Möglichkeit, die sich vielleicht nie wieder bot. Schließlich hakte sie ab, dass es das Risiko wert sei.

Entschlossen ging sie die mit Teppich belegte Treppe hinauf. Laut der Zimmerübersicht befanden sich alle Gästezimmer im Obergeschoß, was ihr Vorhaben erleichterte. Ziemlich am Ende der Zimmerflucht sah sie einen Gerätewagen des Reinigungspersonals, aus einem der Räume vernahm sie die schrillen Töne eines Staubsaugers. Gut oder schlecht, Maike Jansen schätzte die Lage ab. Gut, dass die Zimmer gemacht wurden und kein Gast sich darin aufhalten dürfte, schlecht, dass jemand vom Reinigungspersonal auftauchen könnte. Egal, sie musste das Risiko eingehen. Notfalls würde sie einen auf durchgeknallt machen, würde sagen, sie suche ihren Verlobten, den sie mit einer anderen im Bett vermutete. Die Nummer zog immer.

Mit einem Blick erfasste sie auf der rechten Flurseite das Gästezimmer *Dünenblick*, vor dessen Tür sich frische Bettwäsche und Handtücher stapelten. Dem Anschein nach musste es noch gemacht werden. Super, besser konnte sie es gar nicht antreffen. Verhalten drückte sie die angelehnte Tür auf, musterte die in einem hellen Holz gehaltene moderne Einrichtung und huschte in das angrenzende Bad. Der angenehme Duft eines exotischen Aftershaves hing in der Luft, Sandelholz vermutete sie, dachte dabei an Olli und buchte es als Geschenk zu seinem bevorstehenden Geburtstag. Aufmerksam betrachtete Maike Jansen die Utensilien auf den Ablagen, eindeutig die eines Mannes, der Wert auf Qualität legte. Alles exakt angeordnet, schien er Sinn für manische Geradlinigkeit zu haben.

Ob die Opfer, die er hat erschießen lassen, sich auch in einer ausgerichteten Reihe aufstellen mussten? schoss es ihr durch den Kopf. Wut stieg in ihr hoch, sie wollte das Monster hinter Gitter sehen.

An einem Alaunstift blieb ihr Blick schließlich hängen. Sie erinnerte sich, dass ihr Vater einen solchen verwendete, wenn er sich beim Nassrasieren geschnitten hatte. Wenn er die Blutung stoppen musste.

Blutung!

Maike Jansen bekam eine Gänsehaut.

Aufgekratzt sah sie sich nach einem Abfallbehälter um und entdeckte ihn unter dem Waschtisch. Rasch riss sie einen Streifen Toilettenpapier ab, klappte den Behälter auf und sah sofort den roten Tupfer. Mit dem Papier in der Hand fischte sie ihn heraus und wickelte ihn ein.

Wahnsinn.

Sie konnte ihr Glück kaum fassen. Gerade wollte sie das winzige Bad verlassen, als sie von draußen Stimmen hörte. Sie sah wie die Zimmertür aufgestoßen wurde und eine junge hübsche Frau Bettwäsche und Handtücher auf das Bett ablegte. In einem osteuropäischen Akzent rief sie ihrer Kollegin zu, sie bräuchte noch eine neue Tischdecke, der Gast hätte Rotwein verschüttet, und fing an das Bett zu beziehen.

Scheiße, Scheiße, fluchte Maike Jansen innerlich, wie komme ich hier raus? Eine betrogene Verlobte vorzuspielen, konnte sie jedenfalls vergessen. Sie malte sich aus, wie es wäre, wenn sie blitzschnell an der Frau vorbeihuschen und nuscheln würde, sie hätte sich im Zimmer geirrt. Doch sie musste davon ausgehen, dass die Frau glaubte, sie hätte was mitgehen lassen und sich ihr in den Weg stellen würde. Und jeden Moment konnte Yusuf Baka zurückkommen. Schon wollte sie zu der Frau hingehen und sich als Polizeibeamtin zu erkennen geben, als deren Handy sich meldete. Mit einem Lächeln auf dem Gesicht nahm die Frau das Gespräch an, sagte etwas in einer fremden Sprache, schüttelte den Kopf und verließ das Zimmer. Sofort ging Maike Jansen ihr nach, sah sie den Flur entlangschreiten und in ihr Handy sprechen. Maike Jansen zögerte keinen Moment, zwei Stufen auf einmal nehmend, lief sie die Treppe hinunter und atmete erst auf, als sie ungesehen nach draußen gelangte.

Verdammt, das war eng, dachte sie und wollte sich gar nicht vorstellen, was passiert wäre, wenn sie aufgeflogen wäre. Trotzdem, sie hatte es geschafft. Mit dem Blut hatten sie die DNA des Mannes und damit die Möglichkeit, ihn als Mörder von Ceylin Siham identifizieren zu können. Vorausgesetzt, Yusuf Baka und Sinan Mousa waren ein und dieselbe Person, doch daran zweifelte Maike Jansen keinen Moment. Sie spürte, dass ihr Handy vibrierte.

»Bist du noch im Dünenkieker?«, hörte sie Friedrichs besorgt sagen. »Mein Mann wird dort jeden Moment auftauchen.«

»Olli, kein Problem, ich bin auf dem Weg zur Dienststelle, mach dir also keine Sorgen. Wir sehen uns gleich.«

In dem Moment sah sie, wie Yusuf Baka in den Weg Zum Wasserturm einbog, in einer Minute würde er im Dünenkieker sein. Puh, das war wirklich knapp, schoss es ihr durch den Kopf und ohne, dass es ihr bewusst wurde, ging sie schneller.

18. KAPITEL

Es war kurz vor siebzehn Uhr. Kathrin Hansen war die Erste im Besprechungsraum. Von Heidkamp hatte sie gerade die App erhalten, dass er mit dem Heli gelandet sei. In wenigen Minuten würde er eintreffen. Für den Weg vom Flughafen bis zur Dienststelle benutzte er stets ein E-Bike, das ständig für ihn bereitstand.

Mit Blick auf die Fischbrötchen, die Maike Jansen zur Feier des Tages spendiert hatte, konnte Kathrin Hansen es immer noch nicht fassen, dass der Durchbruch im Mordfall Ceylin Siham kurz bevorstand.

Nachdem Maike Jansen sie über das Ergebnis ihrer Ermittlung im Dünenkieker aufgeklärt hatte, war Kathrin Hansen erst einmal so richtig wütend geworden und hatte die Kriminal Assistentin zusammengeschissen. Dass sie ein solches Risiko eingegangen war, ging gar nicht. Von einer möglichen Anzeige wegen Hausfriedensbruch ganz abgesehen. Doch danach hatte sie Maike Jansen umarmt und sie zu ihrem Erfolg gratuliert.

Und dann kam ihnen die Tatsache zu Hilfe, dass die Besitzerin des Dünenkieker eine Freundin von Kathrin Hansen war. Silke Bayer war eine weitläufige Verwandte seitens ihrer Großmutter, genauso alt wie Kathrin Hansen, und als Kinder hatten sie zusammen manchen Unsinn ausgeheckt. Noch heute trafen sie sich ab und an auf ein Glas Wein. Kurz entschlossen war sie zum Dünenkieker gefahren, hatte der Chefin des Hauses das Bild von Yusuf Baka vorgelegt und die Bestätigung erhalten, dass er das Zimmer Dünenblick bewohnte. Wohlweislich verschwieg Kathrin Hansen, dass Maike Jansen kurz zuvor dem Haus einen Besuch abgestattet hatte.

Sinan Mousa, so laut Silke Bayer, war seit vier Tagen ihr Gast und hatte noch für zwei Tage gebucht. Sie beschrieb ihn als einen Mann, der keinen Kontakt pflegte, der gereizt und ungeduldig wirkte, als ob er auf etwas warten würde. Nein, sonst könnte sie nichts über ihn sagen, überrascht hätte sie nur die plötzliche Abreise seines Bekannten. Ein Mann, der mit ihm eingecheckt hatte und der vor zwei Tagen ohne Bescheid zu geben, morgens mit der ersten Fähre aufs Festland gefahren ist. Ohne, dass ihn noch jemand vom Hotelpersonal gesehen hat. Seine Rechnung hatte Sinan Mousa übernommen und anstandslos die ursprünglich gebuchten Tage bezahlt. Begründet hatte er die Abreise seines Bekannten durch den plötzlichen Tod dessen Mutter.

Nachdem Kathrin Hansen sich den Namen und eine vage Beschreibung des Mannes hatte geben lassen, hatte sie Silke Bayer zur Verschwiegenheit verpflichtet. Auf ihre Frage hin, warum die Polizei sich für den Gast interessiere, hatte Kathrin Hansen auf ein laufendes Verfahren hingewiesen. Zum Glück war Silke Bayer eine resolute Person, die sich nicht so leicht aus der Ruhe bringen ließ. Sollte ihr was Ungewöhnliches auffallen, würde sie sich sofort melden, versprach sie.

Beruhigt hatte Kathrin Hansen sich von ihr verabschiedet, sie wusste, die Angelegenheit lag bei ihrer Freundin in guten Händen. Anschließend hatte sie Heidkamp informiert, um abzuklären, wie sie schnellstens ein DNA-Ergebnis bekommen könnten. Und nun war der Kriminalrat bereits auf dem Wege, um die Probe abzuholen.

Persönlich.

Per Heli.

Genau wie allen brannte es auch ihm unter den Nägeln.

Ava Sari war in den Raum gekommen und legte zu dem Teller mit Fischbrötchen einige Servietten.

»Kaffee oder Kaltgetränke?«, mcinte sie.

»Oh, super. Ava, bitte Kaffee, es könnte spät werden.«

»Mir können Sie einen Aquavit bringen, den kann ich jetzt gebrauchen«, quetschte Heidkamp heraus, der wie aus dem Nichts auftauchte. Er wusste, im Kühlschrank lag immer ein Fläschchen für besondere Fälle auf Eis. Und in der Beurteilung, was ein besonderer Fall war, konnte er sich sehr flexibel zeigen. Ächzend ließ er sich am Kopfende des Tisches in den Stuhl fallen und blickte die Hauptkommissarin an.

»Mann, oh Mann, Sie können ja ganz schön Dampf machen«, grummelte er.

»Ein DNA Test, mal eben so, und natürlich sofort.« Dann überzog ein Schmunzeln sein Gesicht und er sah zu Maike Jansen hin, die gerade mit Friedrichs angetrudelt kam. Etwas wehmütig erinnerte er sich an die Zeit, als er ähnlich, wie die junge Kriminal Assistentin durch spontanes, oft auch risikoreiches

Handeln Bewegung in einen Fall gebracht hatte. Was alles hätte passieren können, daran dachte man erst später. Spontane Entscheidungsfreudigkeit war zweifellos ein Privileg der jüngeren Generation. Wenn auch nicht immer so erfolgreich wie in diesem Fall. Jedenfalls sollte mal keiner das junge Gemüse unterschätzen. Auch bei seiner Hauptkommissarin bemerkte er, dass die positive Entwicklung ihre Sorgenfalten weggewischt hatte. Na ja, nicht ganz, aber doch immerhin.

»Zum Wohle, Herr Kriminalrat, heute gibt es einen Doppelstöckigen.« Schmunzelnd stellte Ava Sari ihm das Glas vor die Nase und reichte Kathrin Hansen die Kaffeekanne.

»Viel Zeit habe ich nicht«, bemerkte Heidkamp. »Wenn wir bis morgen ein Ergebnis haben wollen, muss die Probe heute noch nach Hamburg ins Zentrallabor geflogen werden. War sowieso schwierig genug, den DNA Test dazwischen zu schieben. Die haben mächtig viel zu tun und normalerweise einen Vorlauf von achtundvierzig Stunden. Doch bevor ich abfliege, müssen wir klären, wie wir bei einem positiven Ergebnis vorgehen werden. Es dürfte uns klar sein, dass Yusuf Baka, genannt der Schlächter von Hama, sich nicht mir nichts dir nichts, verhaften lassen wird. Der Mann hat nichts zu verlieren, er weiß, dass in Den Haag jeden Tag der Haftbefehl auf ihn ausgestellt werden kann. Eine Verhaftung wäre für ihn das Ende.«

Mit gefurchter Stirn kippte Heidkamp den Doppelstöckigen in einem Zug weg.

»Mir will es immer noch nicht in den Kopf, was den Mann nach Langeoog getrieben hat. Nach wie vor bin ich überzeugt, dass die Ermordung der Syrerin sich zufällig ergeben hat, dass Yusuf Baka aus anderen Gründen auf der Insel ist. Da könnte uns noch eine Überraschung bevorstehen.

Aber nochmals zu seiner Festnahme. Der Mann trägt bestimmt eine Waffe. Für solche Leute ist das normal, also können wir eine Schießerei nicht ausschließen. Ein völlig unmögliches Ding hier auf der Insel. Selbst wenn eine Spezialeinheit eingesetzt wird, gibt es keine Garantie, dass die Festnahme unblutig verlaufen würde. Also«, Heidkamp blickte Kathrin Hansen an, »bleibt nur die Schlussfolge, dass die Verhaftung auf dem Festland erfolgen muss. Möglichst weit weg von der Küste, damit unsere Urlaubsregion erst gar nicht ins Gerede kommt.«

Zustimmend nickte Kathrin Hansen, sie hatte bereits die gleiche Entscheidung getroffen, doch damit waren sie noch nicht aus dem Schneider.

»Was ist, wenn Yusuf Baka es auf weitere Personen abgesehen hat?« Nervös trommelte sie mit den Fingern auf die Tischplatte.

»Wir müssen ihn unter Beobachtung stellen.

Sofort.

Selbst nachts.

Laut Reservierung im Dünenkieker checkt er in zwei Tagen aus, bis dahin könnte er einiges anstellen.«

»Genau das ist der Punkt, doch deshalb müssen wir nicht nervös werden«, warf Heidkamp ein.

»Ich habe zwei Mann des LKA angefordert.« Mit kurzem Blick sah er auf seine Uhr.

»Die dürften bereits mit der nächsten Fähre ankommen.« Er bemerkte den überraschten Blick der Hauptkommissarin und tätschelte beruhigend ihren Arm.

»Ihr werdet sie gar nicht bemerken, und noch weniger die Leute hier vor Ort. Beide Beamten sind Spezialisten, wenn es heißt, Zielobjekte zu observieren. Und sie sind dafür ausgebildet, blitzschnell einen Menschen aus dem Verkehr zu ziehen. Lautlos, ohne

Aufsehen, versteht sich.« Heidkamp blickte in die verdutzten Gesichter und ahnte, dass er nachschieben musste.

»Das ist doch die zwingende Konsequenz, um Yusuf Baka daran hindern zu können, ein weiteres Verbrechen zu begehen. Überhaupt ist es die einzige Möglichkeit, ohnc Aufsehen den Mann an die Kette zu legen. Wir wollen hoffen, dass die Kollegen nicht zum Einsatz kommen müssen und die Verhaftung des Mannes wie geplant auf dem Festland geschehen kann, doch so sind wir wenigstens auf der sicheren Seite.«

»Danke.« Erleichtert atmete Kathrin Hansen auf. »Ich bin der gleichen Meinung. Mit unserer Truppe hätten wir das nicht durchziehen können. Dafür können wir uns nun aber ganz auf den Mordfall Bruntje Klaas konzentrieren. Wie weit sind Sie mit dem Notar gekommen, der die Nachlassverwaltung der Toten regelt?«, wandte sie sich an Heidkamp.

»Hatten Sie schon Kontakt mit ihm?«

»Dr. Bönisch war verreist, aber morgen früh haben wir einen Termin in seinem Notariat. Da wäre es mir recht, wenn Sie mich begleiten. Sie kannten Bruntje am besten und können kritischer hinterfragen. Insbesondere, was diesen Neffen angeht.«

Zustimmend nickte Kathrin Hansen, sie hatte auch schon daran gedacht.

»Gut, dann kommt ja Bewegung in das Geschehen, ich muss jetzt aber auch weg, der Heli wartet.«

Nachdem der Kriminalrat die Dienststelle verlassen hatte, besprach sich Kathrin Hansen mit ihrem Team, wie sie am kommenden Tag vorgehen würden. Anschließend machte sie sich auf den Weg nach Hause. In Vorfreude auf die gute Nachricht, die sie Hindrik mitteilen konnte, überlegte sie, ob sie noch etwas Besonderes für den Abend besorgen sollte und steuerte die Barkhausenstraße an.

19. KAPITEL

An Bord der Fähre hatte Kathrin Hansen gut gefrühstückt und ihr Kaffeebedarf war ausreichend gedeckt. Entsprechend gut aufgeräumt verließ sie in Bensersiel das Fährgebäude und sah den Mercedes von ihrem Chef bereits vor dem Ausgang stehen. Heidkamp sah müde und zerknittert aus, er berichtete, dass er recht spät von Hamburg zurückgekommen sei.

»Wie es so ist, traf ich in der Hamburger Dienststelle den einen oder anderen Bekannten, und als ich mich dann endlich losreißen konnte, lief der Oberstaatsanwalt mir noch über den Weg. Na ja, das wurde dann eine etwas längere Angelegenheit.«

Heidkamp griff nach dem Thermobecher in der Ablage und Kathrin Hansen registrierte den Duft von Kaffee.

»Ich nehme an, Sie haben sich auf der Fähre mit ausreichend Koffein versorgt«, meinte

Heidkamp und schlürfte mit kleinen Schlucken genussvoll das heiße Getränk. »Apropos Oberstaatsanwalt, der hat mir mächtig auf die Zehen getreten. Genauer gesagt war er sauer, dass wir in den beiden Mordfällen bis dato alleine agiert haben. Es kam das Übliche, was alles hätte passieren können und so weiter. Sie kennen das ja. Nun, er ist frisch im Amt, ich habe ihm die besondere Situation auf der Insel vor Augen geführt und ihm erklärt, wie wir vorzugehen gedenken. Von seinem Vorschlag, eine Sondergruppe zu bilden, konnte ich ihn erst einmal abbringen.«

Heidkamp stöhnte in sich hinein und nahm im Kreisverkehr die Ausfahrt in Richtung Wittmund. Mit einem seitlichen Blick musterte er die Hauptkommissarin, sie machte einen ausgeglichenen, zufriedenen Eindruck.

»Haben Sie mit Hindrik über diese verdammte Spritze gesprochen und was für ein Glück er gehabt hat?«, meinte er.

»Ja. Er ist aus allen Wolken gefallen. Nicht im Traum hätte er gedacht, dass noch mehr hätte sein können, als die Verletzungen, die er davongetragen hat. Als er hörte, mit was für ein Drogenmix die Spritze präpariert gewesen ist, dass die Nadel möglicherweise mit HIV-Blut hätte kontaminiert sein können, musste er sich erst einmal einen Schnaps genehmigen.«

Leise lachte Kathrin Hansen.

»Nach dem Essen haben wir dann noch eine gute Flasche Wein aufgemacht, es war ein richtig schöner Abend.«

»Dann ist ja alles gut, man sieht es Ihnen an, dass dieses Kapitel ausgestanden ist. Elseke habe ich nichts davon erzählt, die hätte sonst keine Nacht mehr geschlafen. Übrigens hat sie uns zum Kaffee eingeladen, vorher muss ich jedoch noch kurz in die Dienststelle, um etwas zu erledigen.«

Im Notariat wurden sie von einer noch jungen, gutaussehenden Büroleiterin in einen Raum geführt, der Kathrin Hansen stark an die achtziger Jahre erinnerte. Damals hatte sie als Kind ihre Eltern zu einer schon sehr alten Notarin begleitet und sich in ihrem düsteren muffigen Büro wie begraben gefühlt. Hier war es nicht ganz so tragisch, doch der Tatsch muffiger Verstaubtheit war auch hier zu spüren. Heidkamp schien ihre Gedanken zu ahnen und machte eine Geste, die sie nicht einordnen konnte. Dabei überzog ein Grinsen sein Gesicht.

Und dann machte Kathrin Hansen große Augen.

Mit einem fröhlichen »Moin«, kam Dr. Friedemann Bönisch ins Büro gestürmt, begrüßte sie und Heidkamp mit einem festen Händedruck und schmiss sich in den ergonomisch geformten Chefsessel. Das einzige moderne Möbel. Er mochte Mitte vierzig sein, hatte dunkles, leicht meliertes Haar und Fältchen um die Augen, die zeigten, dass er gerne lachte. Mit dem saloppen weißen Pullover, bestickt mit dem Logo eines Golf-Clubs, mit seiner Gesichtsbräune und der modisch geschnittenen Edeljeans, passte dieser Mann nun gar nicht in diesen nostalgischen Abklatsch von einem Büro. Bönisch war Kathrin Hansen auf Anhieb sympathisch. Jetzt verstand sie, was Heidkamp vorhin mit seiner Geste hatte andeuten wollen.

»Entschuldigen Sie, dass Sie einen Moment warten mussten«, äußerte sich Bönisch, »aber ich führte gerade ein Telefonat mit einem Mandanten.«

Er blickte Kathrin Hansen an, studierte ihr Gesicht und blieb an ihren Augen hängen. Ein jungenhaftes Lächeln überzog sein Gesicht, aufgeräumt meinte er, dass er sich freue, sie endlich kennenzulernen.

»Ich habe schon einiges von Ihnen gehört und konnte mir doch nicht so richtig ein Bild von der Frau machen, die dafür sorgt, dass ihre Insel sauber bleibt. Ihnen eilt der Ruf voraus, dass Sie sich lieber selbst mit den Kriminellen herumschlagen, als das Sie es zulassen, dass Hilfe vom Festland kommt.«

Sein Blick wanderte zu Heidkamp hin und sein Lächeln wurde eine Spur breiter.

»Von meiner Mutter, die dieses Notariat gegründet hat, habe ich gehört, dass von Ihnen, Herr Kriminalrat, früher Ähnliches erzählt wurde.«

»Nun«, verlegen lief Heidkamp rot an, »das Thema lassen wir besser.«

Kathrin Hansen grinste über das ganze Gesicht und meinte, das würde sie sich für die nächste Diskussion merken, wenn das Thema mal wieder anstehen würde. Sie ulkten noch etwas herum, bis der Notar schließlich die vor ihm liegende Akte aufschlug. Mit gerunzelter Stirn überflog er den Text und blickte dann seine Besucher besorgt an.

»Wie Ihnen bekannt ist, darf ich vor Eröffnung des Testaments nicht über die Nachlassverfügung reden. Doch so viel kann ich sagen, es gibt einen Erbberechtigten. Ein Neffe der Verstorbenen, genauer gesagt der Sohn des bereits vor Jahren verstorbenen Bruder von Frau Bruntje Klaas.«

Betont nachdenklich blickte der Notar seine Gegenüber an.

»Und ich darf Ihnen sagen, dass Frau Klaas mir den Auftrag gegeben hatte, die Gründung einer Stiftung vorzubereiten.

Die Bruntje Klaas Stiftung.«

Durch Heidkamp ging ein Ruck, Kathrin Hansen starrte Bönisch ungläubig an.

»Sagen Sie das nochmal«, presste sie heraus.

»Es ist so: Grundlage der Stiftung sollte das Anwesen von Frau Klaas sein, daraus wollte sie eine Ferienstätte für Kinder machen. Begünstigt sollten ausschließlich Kinder aus sozial schwachen Familien werden. Und«, Bönisch legte eine künstliche Pause ein, »ein Passus sagt, dass das Anwesen nicht verkauft werden darf.«

»Und vor Zustandekommen dieses Stiftungsvertrages wurde sie ermordet, da läuten doch alle Alarmglocken«, konnte sich Kathrin Hansen nicht verkneifen zu sagen.

»Genau heute sollte ich nach Langeoog kommen, um ihr die Dokumente unterschriftsreif vorzulegen«, ergänzte Bönisch bedrückt.

Es blieb eine Weile ruhig. Heidkamp und Kathrin Hansen mussten erst einmal verdauen, was der Notar losgelassen hatte. Bruntje, die

Kathrin Hansen ihr Leben lang immer nur bescheiden erlebt hatte, eine Frau, für die Mode, Reisen, Luxus, Fremdwörter waren, war im Begriff gewesen, eine Stiftung zu gründen.

Unglaublich.

»Eine Stiftung finanziert sich auf Dauer selbst«, bemerkte Heidkamp, »wie sollte dies sichergestellt werden?«

»Tut mir leid, hier muss ich passen, das betrifft den Nachlass. Nur so viel, der verstorbene Mann von Frau Klaas war vermögend. Zu mehr darf ich mich nicht äußern.«

Mit leichtem Kopfnicken gab Heidkamp ihm zu verstehen, dass er dafür Verständnis hatte. Und doch, es ging um Mord, es gab Fragen, die Antworten einforderten.

»Wann hat Frau Klaas Sie das erste Mal bezüglich der Gründung einer Stiftung kontaktiert?«, fragte er.

»Vor etwa vier Wochen. Sie drängte, die Sache schnellstens unter Dach und Fach zu bringen.«

»Wissen Sie, warum sie es so eilig hatte?«, warf Kathrin Hansen ein.

»Nun, dieser Neffe hatte sie wieder einmal um Geld angehauen, oder genauer gesagt bedrängt, so hat sich die alte Dame geäußert.«

»Wieder einmal?«

Kathrin Hansen wechselte mit Heidkamp einen schnellen Blick.

»Heißt das, Bruntje hatte ihm schon öfters Geld gegeben?«

»Also genaues weiß ich auch nicht, nur so viel, dass es diesmal um einen sehr hohen Betrag ging. Und Frau Klaas war nicht gewillt, ihm auch nur einen Euro zu geben.« Abwehrend hob Bönisch beide Hände.

»Mehr kann ich Ihnen aber nun wirklich nicht sagen.«

Heidkamp wurde kribbelig, dieses ganze Getue um die Verschwiegenheitsklauseln, egal ob Notar, Arzt oder sonst wer, ging ihm auf die Nerven. Immer wieder wurden sie dadurch in ihren Ermittlungen gebremst.

»Wir brauchen den Namen und die Adresse des Mannes und wir müssen wissen, wann er den Termin mit Ihnen hat. Und«, dem Kriminalrat war anzumerken, dass er die Angelegenheit persönlich nahm, »wie lange können Sie das Inkrafttreten der Erbschaftsübertragung hinauszögern?«

»Hinauszögern kann ich nur, wenn Lüder Klaas verdächtigt wird an dem Ableben seiner Tante beteiligt gewesen zu sein und damit sein Erbanspruch in Frage gestellt wird. In drei

Tagen findet die Testament-Eröffnung statt, oder aber Sie lassen mir einen Bescheid der Staatsanwaltschaft zukommen, dass gegen Lüder Klaas wegen des Verdachts, mitschuldig am Tod von Frau Bruntje Klaas zu sein, ein Ermittlungsverfahren läuft.«

»Scheiße.«

Mehr brachte Kathrin Hansen nicht heraus.

In der Dienststelle, wo Heidkamp nur mal kurz etwas erledigen wollte, dauerte es dann doch länger und Kathrin Hansen nutzte die Wartezeit, um im Sekretariat des Kriminalrats einen Kölner Kollegen anzurufen. Hansi Müller kannte sie aus ihrer Dienstzeit in Köln und hatte mit ihm manch scharfen Einsatz durchgezogen. Müller, ein Kerl wie ein Baum mit dem Gemüt eines Kindes, kannte sie nur gut gelaunt. Seine Bassstimme erkannte sie sofort.

»Das ist ja eine Überraschung«, meinte er fröhlich. »Wann fängst du wieder bei uns an?« Und dann kam sein bekanntes grollendes Lachen.

»Ich wollte dich abwerben«, ging Kathrin Hansen auf seinen Spaß ein, »wir brauchen auf Langeoog einen alten Seebären, der Patrouille läuft. Bei uns geht es derzeit drunter und drüber.« Nach kurzem Geplänkel wurde sie ernst und berichtete über die beiden Mordfälle. Kollege Müller wurde zunehmend stiller. Wenn es um besonders scheußliche Morde ging, war er schon immer ein Sensibelchen gewesen.

»Man hat einer alten Frau das Genick gebrochen und einer jüngeren Frau den Hals aufgeschlitzt?«, stöhnte er.

»Was für Killer laufen denn bei euch auf der Insel herum, das ist ja unglaublich.«

»Genau, und das macht uns auch ziemlich fertig. Zwar haben wir einen Hauptverdächtigen, hier fehlt noch das DNA-Ergebnis, doch das schließt nicht aus, dass Weiteres geschehen könnte.

Eine Horrorvorstellung.«

Kathrin Hansen merkte, dass sie nervös wurde und riss sich zusammen.

»Aber, Hansi, weshalb ich anrufe. Vielleicht kannst du mir bei einer Ermittlung helfen.« Dann berichtete sie über das Nachlassverfahren in Sache Bruntje Klaas. Über den Neffen Lüder Klaas, der bei Gründung einer Stiftung leer ausgehen würde. Über seine anscheinend finanziellen Probleme und dass er in Köln wohne.

»Du, Kathrin, ich muss auf der anderen Leitung ein Gespräch annehmen«, unterbrach Müller sie und es blieb einen Moment ruhig.

»So, da bin ich wieder«, meldete er sich kurz darauf. »Also angenommen, dieser Neffe hätte etwas mit dem Mord an seiner Tante zu tun, was ist mit der ermordeten Syrerin? Es ist kaum vorstellbar, dass er auch darin verwickelt sein könnte. Geht ihr von zwei verschiedenen Tätern aus?«

»Das ist das Problem. Seit wir wissen, was für den Neffen auf dem Spiel steht, manifestiert sich der Verdacht, dass es sich um verschiedene Motive und Täter handelt. Und hier meine Bitte an dich: Kannst du diesen Lüder Klaas mal checken? Ich denke da an Drogenmissbrauch und im Hinblick auf seine finanzielle Lage an Spielsucht. Vielleicht ist er Kollegen in anderen Dezernaten bekannt. Du hast doch da die direkte Verbindung.

Aber Hansi«, Kathrin Hansen senkte die Stimme, »mein Ex soll davon nichts mitbekommen. Der bringt es fertig und veranstaltet einen Wirbel unter dem Motto, dass ich meine Insel nicht im Griff habe. Du kennst ihn ja.«

»Och«, Müller kicherte in sich hinein, »ich glaube, der hat jetzt andere Sorgen. Deine Nachfolgerin hat ihn sitzen lassen und das gemeinsame Kind mitgenommen. Heinz darf jetzt fleißig Alimente und Unterhalt zahlen.«

»Wow, das ging ja schnell, hat das Arschloch auch schon eine Neue?«

»Und ob, vom Alter her könnte es glatt seine Tochter sein.«

»Na super, der Mann lernt es nie«, antwortete Kathrin Hansen und freute sich wieder einmal, dass sie die Scheidung durchgezogen hatte.

In dem Moment tauchte Heidkamp im Sekretariat auf und gab ihr zu verstehen, dass sie fahren könnten. Mit der Bitte, sie sofort zu benachrichtigen, sobald er etwas über Lüder Klaas herausfinden konnte, verabschiedete sich Kathrin Hansen von Müller und ging mit Heidkamp zum Wagen. Auf der kurzen Fahrt zu seinem Haus berichtete sie ihm von dem Gespräch mit dem Kölner Kollegen.

»Sollte sich was Relevantes ergeben, fahre ich morgen nach Köln und stehe bei dem Mann auf der Matte«, sagte sie entschlossen. Die Dreitagesfrist, die der Notar ihnen gesetzt hatte, lag ihr schwer im Magen. Im Grunde durfte sie keine Stunde verlieren, das anstehende Kaffeetrinken bei Heidkamps war eigentlich nicht drin. Doch sie brachte es nicht übers Herz, ihre Freundin zu enttäuschen. Mit Blick auf die Uhr gab sie sich eine gute Stunde, dann musste sie zur Fähre.

Wenige Minuten später fuhr der Kriminalrat in die Einfahrt seines Hauses. Heidkamps bewohnten ein ostfriesisches Haus am Rande von Wittmund, eines der wenigen älteren Häuser, das mit Reet gedeckt war. Noch nicht ganz aus dem Wagen ausgestiegen sah Kathrin Hansen, wie Elseke Heidkamp die Haustür öffnete und ihr freudestrahlend entgegenblickte. Nach einer herzlichen Umarmung trat Elseke einen Schritt zurück und musterte sie prüfend.

»Kindchen, du gefällst mir aber gar nicht«, meinte sie mit einem sorgenvollen Blick. »Aber bei dem, was ihr derzeit am Halse habt, ist das ja auch kein Wunder.«

»Mach dir keine Sorgen«, lachte Kathrin Hansen, »das haben wir schon im Griff.«

»Na gut.«

Elseke blickte zu ihrem Mann hin. Er gab ihr zu verstehen, dass über Dienstliches nicht geredet würde und meinte, er müsste noch schnell ein Telefonat führen, danach könnten sie Kaffee trinken.

In der guten Stube thronte auf dem friesisch eingedeckten Tisch eine aus mehreren Schichten bestehende Käsetorte.

»Himmel, wann hast du die denn gemacht?«, staunte Kathrin Hansen und nahm gierig den Kaffeeduft, der im Raum schwebte, in sich auf.

»Ach, ich hatte doch heute keine Vorlesung und als Berend mir am Morgen mitteilte, dass ihr einen Termin beim Notar habt, habe ich mir gedacht, das wäre doch die Gelegenheit, zusammen mal wieder ein Stückchen Kuchen zu essen.«

Stückchen Kuchen!

Schmunzelnd betrachtete Kathrin Hansen die Torte und überlegte, an wie vielen Tagen Heidkamps sich über diese wohl hermachen würden. Elseke schien ihre Überlegungen zu ahnen und tippte auf ihre leicht üppige Figur.

»Eigentlich dürfte ich ja nicht. Wenn ich vor meinen Studenten stehe und ihnen eine gesunde Ernährungsweise einbläue, grinsen die nur. So nach dem Motto: Unsere wohlgerundete Professorin kann uns viel über Ernährungswissenschaft erzählen. Doch egal, in meinem Alter muss man die Freuden genießen, die sich einem noch bieten.«

Kurz darauf erschien der Hausherr, seine Frau schenkte Kaffee ein und legte Kuchen auf die Teller.

Genussvoll schloss Kathrin Hansen die Augen und ließ den ersten Bissen im Mund zergehen.

»Wow, Elseke, es schmeckt himmlisch. Deine Torte ist eine Sünde wert.« Auch beim dritten Stück, das ihr die Hausherrin auflegte, konnte sie nicht nein sagen. Im Laufe des Gesprächs war natürlich die Umsiedlung Heidkamps nach Langeoog das große Thema. Schon ganz aufgeregt erklärte Elseke, wie sie die Aufteilung der Räumlichkeiten des großen Hauses geplant hatten, wie die Wohnung, die sie vermieten wollten, eingerichtet würde. Dazu meinte der Kriminalrat mit Blick zu Kathrin Hansen hin, dass besonderer Wert daraufgelegt würde, dass nichts mehr an den ehemaligen Besitzer erinnern dürfe. Tolski müsste in ihren Köpfen gelöscht werden. Sie bräuchte sich deshalb keine Gedanken machen. Verhalten sah Kathrin Hansen ihn an, tatsächlich hatte sie sich Sorgen gemacht, dass die Mordfälle, die mit diesem Haus zusammenhingen, dem Kriminalrat irgendwann hochkommen könnten. Doch als sie seinen ruhigen Blick bemerkte und an die Umbaumaßnahmen dachte, hakte sie das Thema ab.

»Und wir haben auch schon ein nettes junges Paar, das auf der Insel arbeiten wird und bei uns wohnen möchte«, erklärte Elseke zufrieden.

»Als Bäcker hat der Mann auf Langeoog eine sichere Stelle und seine Frau wird im Hotelfach tätig sein. Sie hat da schon einige Angebote. Dass wir den jungen Leuten mit einer Wohnung helfen können, gibt einem doch ein gutes Gefühl.«

Kribbelig blickte sie Kathrin Hansen an.

»Ich kann es kaum erwarten, bis es losgeht.«

Schließlich erinnerte Kathrin Hansen mit Blick auf die Uhr daran, dass sie zur Fähre müsste und meinte schmunzelnd, dass am Abend ein Strandlauf angesagt wäre, um die Kalorien der leckeren Torte abzuarbeiten.

20. KAPITEL

Nach dem Lauf am Oststrand bis Höhe Großes Schlopp und zurück, vollgepumpt mit frischer Seeluft und dem zufriedenen Gefühl, ihren Kalorienspeicher um einiges reduziert zu haben, kam Kathrin Hansen durchgeschwitzt zuhause an. Vorsorglich hatte sie Hindrik mitgeteilt, dass mehr als ein Brot mit Frischkäse und einer Gewürzgurke für sie als Abendessen nicht drin wäre. So wollte sie ausschließen, dass er etwas Leckeres kochte und sie doch wieder schwach wurde. Anschließend wollte sie sich auf die Terrasse setzen, um die Fakten der Mordfälle nochmals zu beleuchten.

Nach der erfrischenden Dusche pflanzte sie sich in einen Korbsessel und blickte entspannt aufs Meer hinaus. Am Horizont sah sie undeutlich ein riesiges graues Gebilde. Könnte ein Containerschiff sein, überlegte sie und langte nach dem Fernglas, das immer griffbereit auf dem Terrassentisch stand. Nicht um Leute zu beobachten, sondern für den Ernstfall gedacht, wenn es darum ging, Informationen an den Rettungsdienst weiterzugeben. Gerade hatte sie den Schiffsgiganten im Blickfeld, als sie von einem grinsenden Hindrik unterbrochen wurde.

»Einmal saure Gurke und Vollkornbrot mit Magerquark«, sülzte er und stellte ihr schwungvoll den Teller vor die Nase. Wenig begeistert bekneiste sie ihr Abendbrot und musste schlucken, als sie sah, was Hindrik sich zubereitet hatte. Auf einem Holzbrett lagen zwei Scheiben frisches Graubrot, bedeckt mit gebratenem Leberkäse und obendrauf zwei Spiegeleier. Dazu eine knackige Gewürzgurke. Diese sollte wohl so etwas wie eine Solidaritätsbekundung zu ihrem mickrigen Mahl sein. Hindrik schenkte ihnen alkoholfreies Jever ein, blickte sie mit Lachfältchen im Gesicht an und wünschte guten Appetit.

Beim Essen erzählte Kathrin Hansen von der Stiftung, die Bruntje Klaas geplant hatte. Und dass die alte Dame wohl schon des Öfteren ihrem anscheinend missratenen Neffen finanziell ausgeholfen hatte.

»Und das alles, ohne das Bruntje mir gegenüber es jemals erwähnt hat. Kann man sich ja kaum vorstellen«, meinte Kathrin Hansen bedrückt.

»Ich könnte glauben, dass sie kein Vertrauen zu mir hatte.«

»Nein.«

Energisch schüttelte Hindrik den Kopf.

»Wenn Bruntje zu jemandem Vertrauen hatte, dann zu dir. Ich glaube, dass sie sich für ihren Neffen geschämt hat. Und ich glaube weiterhin, dass sie genau darüber informiert war, was das schwarze Schaf der Familie so treibt.« Eine steile Falte bildete sich auf seiner Stirn.

»Möglicherweise hatte sie Sorge, dass du dich als Polizistin verpflichtet sehen würdest, eingreifen zu müssen.«

Ehe Kathrin Hansen sich dazu äußern konnte, brummte ihr Handy.

»Treffer!«

Kollege Müller aus Köln kam direkt zur Sache.

»Kathrin, da hast du ja ein feines Früchtchen am Haken. Ich musste nicht lange graben, um über diesen Lüder Klaas einiges zu erfahren. Der Mann ist in der Kölner Casino Szene bestens bekannt. Leider nicht im positiven

Sinne. Seit Jahren ist er Spieler, mittlerweile abhängig und hat mehr Spielschulden als Haare auf dem Kopf.« Hansi Müller ließ sein grollendes Lachen hören. Tonstufe Moll. Eindeutig war er sauer.

»Bei den Kollegen von der Drogenfahndung steht er auf der Liste. Durch kleinere Deals versucht Klaas sich über Wasser zu halten. Vor fünf Monaten wurde er zu einer Geldstrafe und ein Jahr auf Bewährung verurteilt. Punkt.« Kathrin Hansen hörte ein Plopp, ihr Kollege war seiner Leidenschaft für eine Büchse Cola, und das zu jeder Tages- und Nachtzeit, anscheinend treu geblieben.

»Okay, Hansi, das ist schlimm, aber wurde Lüder Klaas wegen seinen Schwierigkeiten zum Mörder? Zum Mörder an seiner Tante? Ich kann, nein, ich will es mir einfach nicht vorstellen.«

»Es kommt noch dicker«, verkündete Müller mit belegter Stimme.

»In einem der Spiel-Casinos, im Fortuna, muss Klaas sich an eine Frau herangemacht haben. An eine Achtzehnjährige, die dort den Service machte.«

Schlagartig bekam Kathrin Hansen Magenschmerzen, sie sah Bruntje Klaas vor sich, Bruntje Klaas, die Ikone von Langeoog.

Gradlinig, ehrlich bis aufs Blut, eine Frau, die keinem Wattwurm was zuleide tun konnte.

»Es heißt, er soll sie vergewaltigt haben«, setzte Müller nach.

»Hansi, du sagst: Es heißt, er soll. Bedeutet das, es gab keine Anklage, keine Verurteilung?«

»Genau, das Schweigen der Frau wurde erkauft.«

Vernehmlich atmete Müller durch.

»Der Besitzer des Casinos gab ihr Geld und hatte damit Klaas in der Hand.«

Im Kopf von Kathrin Hansen herrschte Chaos. Sie stellte sich vor, wie Lüder Klaas in seiner schäbigen Verzweiflung seine Tante bedrängt haben mochte. Wie Bruntje das wegstecken musste. Jetzt wurde klar, warum es ihr unter den Nägeln brannte, ihr Geld und die Immobilie in Sicherheit zu bringen.

»Mann, oh Mann, was für eine Scheiße«, entfuhr es ihr.

»Aber Hansi, wie hält der Typ sich über Wasser? Wir wissen doch, was es heißt, in diesen Kreisen Schulden nicht bezahlen zu können. Eigentlich müsste Klaas längst tot sein. Irgendwo abgelegt auf einer Müllkippe.«

»Genau. Und das führt uns wieder nach Langeoog, zu dem Mord an der alten Frau.«

Einen kurzen Moment hakte es im Dialog, bis Kathrin Hansen nachfragte, was die Besitzer des Casinos für Leute wären. Ob sie möglicherweise in dem Mordfall mit drinhängen könnten.

»Schwer zu sagen«, sinnierte Müller.

»Nach vorne raus betreibt ein Albaner den Laden, wer aber wirklich dahintersteckt, weiß niemand. Du weißt doch selbst, das organisierte Clans die Casino-Szene in der Hand haben.«

Stumm nickte Kathrin Hansen, oft genug hatte sie in der Großstadt Einsätze geleitet, wo am Ende nur Strohmänner verhaftet wurden.

»Aber Kathrin«, Müllers Stimme wurde dumpfer, »so wie die alte Dame getötet wurde, also durch Genickbruch, war ein professioneller Killer am Werk. Auch wenn ich diesen Lüder Klaas nicht kenne, kann ich mir nicht vorstellen, dass er der Mörder ist. Also ich meine, dass er selbst Hand an seine Tante angelegt hat.«

»Sehe ich auch so. Hansi, wir müssen mehr über diesen Albaner, beziehungsweise über die Eigentümer des Casinos erfahren. Wenn die an das Vergewaltigungsopfer Schweigegeld gezahlt haben, müssen sie sicher sein, dass Klaas es ihnen zurückzahlen kann. Wenn vielleicht auch nicht direkt, dafür aber garantiert mit mächtigen Wucherzinsen.«

Sie überlegten, was sie in die Wege leiten konnten und einigten sich, dass Müller mehr über die Hintermänner des Casinos Fortuna herausfinden sollte, während Kathrin Hansen sich Lüder Klaas vornehmen wollte.

Persönlich, bei ihm zuhause.

Dadurch erhoffte sie sich ein Bild über den Mann machen zu können. Doch die anschließende Einladung von Kollege Müller auf einen Kaffee im Polizeipräsidium, lehnte sie ab. Die Vorstellung, auf einem der zahlreichen Fluren ihrem Ex in die Arme zu laufen, fand sie nicht sonderlich berauschend.

»Aber Hansi«, meinte sie vergnügt, »wie wäre es, wenn du mal auf ein Wochenende nach Langeoog kommst. Hindrik und ich würden uns sehr freuen, und ein Gästezimmer haben wir auch.«

»Gerne, Kathrin.

Mein Mann Wolfgang würde sich bestimmt freuen, dich und Hindrik kennenzulernen. Ich habe ihm manches aus der Zeit erzählt, als wir beide noch zusammen auf Jagd gingen.

Wolfgang könnte doch mitkommen?«, meinte er etwas unsicher.

»Aber Hansi, was für eine Frage, es wäre riesig, wenn dein Lebensgefährte mitkäme. Wir vier machen uns dann ein so richtig schönes Wochenende.«

21. KAPITEL

Schon frühmorgens mit der ersten Fähre hatten Kathrin Hansen und Maike Jansen nach Bensersiel übergesetzt und das dort für sie bereitgestellte Dienstfahrzeug übernommen. Es war schon eine Weile her, dass Kathrin Hansen der Domstadt einen Besuch abgestattet hatte. Dabei war sie eigentlich ab und an schon mal gerne in Köln, besuchte ein Museum oder genoss die gedämpfte Atmosphäre in einer der romanischen Kirchen. Und ein Schnäppchen in eines der Kaufhäuser war meistens auch noch drin. Doch die vermehrt eingerichteten Baustellen hatten sie in letzter Zeit von einer Fahrt abgehalten. An diesem Morgen war es dann auch besonders ätzend. Von einer Baustelle rutschte sie in die nächste und der ellenlange Stau auf der A4 kurz vor Köln gab ihr endgültig den Rest.

»Mein Gott noch«, stöhnte sie, »wie halten die Menschen das nur aus, die jeden Tag diesen

Stress mitmachen müssen. Ich glaube, ich könnte das nicht. Auf unserer Insel leben wir dagegen ja wie im Paradies.« Während sie sich dem Kreuz Köln-Ost näherten, blieb es still zwischen ihnen. Offensichtlich war Maike Jansen tief in Gedanken versunken.

»Paradies, ich denke, das trifft es genau«, äußerte sie sich nach einer Weile. »Wo sonst noch kann man den Alltag in Ruhe und Gelassenheit so erleben wie auf Langeoog. Gesunde Umwelt, das Meer, wundervolle Natur, autofreie Zone, all das ist auf der Erde rar geworden.«

Behaglich drückte Maike Jansen sich in den Sitz.

»Seit ich das Leben auf der Insel so kennengelernt habe, hat sich meine Einstellung im Hinblick auf mein zukünftiges Leben jedenfalls verändert.«

»Und du hast Olli an deiner Seite, ein Mann, dem du vertrauen kannst, der dich liebt«, erwiderte Kathrin Hansen schmunzelnd.

»Ihr beide passt zueinander, der etwas steife Ostfriese und die quirlige Maus vom Festland, eine gute Kombination.«

»Stimmt. Olli bedeutet mir viel. Eigentlich habe ich nie daran gedacht, einmal eine eigene Familie haben zu wollen, Geschehnisse in meiner familiären Vergangenheit haben diesen Gedanken nie aufkommen lassen. Mittlerweile denke ich da anders. Trotz allem«, Maike Jansen blickte ihre Chefin von der Seite her an, »habe ich noch immer Schiss vor der endgültigen Bindung. Mehrmals schon hat Olli vorgeschlagen, das wir zusammenziehen sollen. Platz genug hat er ja in seinem Haus. Doch irgendwie ist das noch nicht so richtig bei mir angekommen.« Durch das dichter werdende Verkehrsaufkommen musste Kathrin Hansen sich stärker konzentrieren und ließ die Bemerkung ihrer Kollegin erst einmal so stehen. Doch sie nahm sich vor, dem jungen Liebespaar auf die Sprünge zu helfen. Schließlich waren Friedrichs und Maike Jansen mehr als nur Kollegen. Sie waren ihr ans Herz gewachsen, sie fühlte so etwas wie Verantwortung für die beiden.

»Maike, wie muss ich fahren, ist das richtig, wenn ich weiter auf der Nord-Süd-Fahrt bleibe?«

»Genau.«

Maike Jansen tippte auf ihr Handy und verfolgte die Routenbeschreibung.

»Ecke Venloerstraße biegst du rechts ab und dann geht es nur noch geradeaus. Ist aber auch doof, dass dieses Auto kein Navi hat«, knurrte sie. »Da wird mal wieder am verkehrten Ende gespart.« Nach etwa zehn Minuten erreichten sie Ehrenfeld und Maike Jansen dirigierte sie durch mehrere Nebenstraßen bis zur Glasstraße. In Hausnummer zwanzig wohnte Lüder Klaas. Und kaum zu glauben, es gab einen Parkplatz fast vor der Haustür. Abwartend blieb Kathrin Hansen im Auto sitzen, sie wollte einen Eindruck davon bekommen, in welchem Umfeld Klaas wohnte. In einem früheren Einsatz war sie schon mal in dieser Ecke gewesen und hatte den Eindruck einer Wohngegend mit dem Charme der sechziger Jahre erlebt. Sie blickte an dem Mehrfamilienhaus hoch und registrierte stirnrunzelnd dürftige Fensterdekorationen, teilweise abgehangene Tücher oder vergilbte Jalousien. Deutlich setzte sich das Haus von der Nachbarschaft ab.

»Entweder wohnt man in solch einem Haus, weil man kein Geld für eine bessere Wohnung hat, oder es ist einem alles scheißegal«, gab dann auch schon Maike Jansen von sich.

»Hier würde ich eingehen wie ein vertrocknetes Primelchen.«

»Nachdem, was wir über Klaas wissen, dürfte bei ihm beides zutreffen«, legte Kathrin Hansen nach. Klaas wohnte im dritten Stock und mit spitzem Finger drückte Kathrin Hansen zweimal auf den schmierigen Klingelknopf.

Nichts.

Sprechanlage gab es keine, der Türöffner zeigte keine Reaktion.

»Ob er nicht zuhause ist?«, meinte Kathrin Hansen. »Wir haben schon nach Mittag, eigentlich müsste der Mann seinen Arsch aus dem Bett kriegen. Von Müller habe ich seine Handynummer, ich rufe ihn an.«

»Kathrin, warte.«

Maike Jansen legte die Hand auf den Arm ihrer Chefin.

»Wenn du dich als Polizistin meldest, könnte er sagen, dass er nicht zuhause ist. Er wird dichtmachen, alleine schon, um Zeit zu gewinnen.«

»Stimmt.«

Einen Moment überlegte Kathrin Hansen und blickte dann grinsend ihre Kollegin an.

»Vom Notar wissen wir, dass Klaas in drei Tagen auf Langeoog zur Testament-Eröffnung erscheinen muss. Darauf werde ich mich beziehen. Es würde mich sehr wundern, wenn er darauf nicht anspringt.«

Nach einem kurzen verwaschenen Dialog, bei dem Kathrin Hansen den Eindruck hatte, dass Klaas entweder betrunken war oder unter Drogen stand, stiegen sie durch das dunkle muffige Treppenhaus die Stufen hoch. Auf der zweiten Etage hielt Maike Jansen sich die Nase zu und verdrehte die Augen.

»Es stinkt hier, als wenn jemand in die Ecke gepisst hätte«, sagte sie und sprang eilig den letzten Treppenabsatz hinauf.

War Bruntje Klaas eine hochgewachsene, hagere Frau gewesen, eine Frau, die Energie ausströmte, war der Mann, der die Tür öffnete, das genaue Gegenteil. Klein, Spitzbauch, hängende Schultern, bekleidet mit einem schmuddeligen Unterhemd und befleckter Trainingshose. Mit geröteten Knopfaugen starrte er sie misstrauisch an.

Mein Gott, fuhr es Kathrin Hansen durch den Kopf, warum nur hat Bruntje nicht rechtzeitig ihr Vermögen in Sicherheit gebracht.

»Sie sind wer und haben was mit meiner privaten Angelegenheit zu tun?«, nuschelte Klaas, wobei er Maike Jansen anstarrte, als wollte er mit ihr gleich zur Sache kommen.

»Wie wäre es, wenn wir erst einmal hineingehen, oder haben Sie Angst vor Frauen?«, sagte Kathrin Hansen provozierend. Klaas lief im Gesicht rot an, seine Hände ballten sich zu Fäusten. Dieser Mann war gewalttätig, das war offensichtlich.

»Vor Weibern Angst haben, das wüsste ich ja«, meinte er fahrig, drehte sich um und schlurfte in die Wohnung.

»Kathrin«, flüsterte Maike Jansen, »ich glaube, ich muss kotzen.«

Ihr Blick umfasste das Chaos, das sich ihnen bot. Schmutzige Kleidungsstücke lagen auf dem Boden, verschmierte Teller mit gammeligen Essensresten standen auf einem alten Couchtisch, leere Bierdosen und neben der Tür drei gefüllte Müllsäcke, die auf einen guten Tag des Hausherrn warteten, um entsorgt zu werden. Maike Jansen achtete darauf, nichts zu berühren und gab Kathrin Hansen mit einem Blick zu verstehen, dass sie so schnell wie möglich aus der vermüllten Bude herauswollte.

Sich mit einer Hand die Hose hochziehend, die über seine Wampe rutschte, schnappte sich Klaas vom Tisch eine Dose Bier und öffnete sie mit einem Klack. Nach dem ersten großen Schluck drehte er sich zu den Frauen um und stierte sie an.

»Also, was wollen so nette Mädels von Lüder Klaas?« Er zeigte auf das angebrochene Sixpack.

»Ein Bier? Gebe ich schon mal auf meine Erbschaft aus. Die Alte hat mir ja so einiges hinterlassen.«

Sie mussten schnellstens weg von dem Mann, Kathrin Hansen kochte, noch so eine Bemerkung und sie wurde gewalttätig. Entgegen ihrer ursprünglichen Absicht beschloss sie es kurz und hart zu machen. Sie zeigte ihren Ausweis, stellte Maike Jansen vor und teilte Klaas mit, dass sie im Mordfall Bruntje Klaas die Ermittlungen führten.

»Wo waren Sie am Samstag, 16. Juni bis Sonntag 17. Juni, zwölf Uhr mittags?«, sagte sie.

Ungläubig starrte Klaas sie an, seine Gesichtsfarbe wechselte ins Rötliche über, er setzte die Bierdose an den Mund, trank sie in einem Zug leer und rülpste ihr entgegen.

»Raus«, stieß er heraus und machte einen Schritt auf sie zu. Blitzschnell streckte die Hauptkommissarin ihm den Arm mit erhobener Hand entgegen und stoppte ihn.

»Wagen Sie es nur nicht«, fauchte Kathrin Hansen ihn an.

Entgeistert taumelte Klaas zurück, offensichtlich hatte er Mühe, in seinem vernebelten Gehirn das Geschehen einzuordnen.

»Also nochmal, wo waren Sie zu dieser Zeit?«

»Geht dich einen Scheißdreck an«, nuschelte Klaas, »ich hole meinen Anwalt.« Unsicher schlurfte er zu dem Tisch und langte nach dem Handy.

»Können Sie sich sparen.«

Aus ihrer Jackentasche zog Kathrin Hansen ihre Karte und legte sie auf den Tisch.

»Morgen fünfzehn Uhr in meiner Dienststelle auf Langeoog, sonst können Sie sich die Erbschaft irgendwohin schieben.«

Sie gab Maike Jansen einen Wink und rasch verließen sie die Wohnung. Im Treppenhaus hörten sie noch, wie Klaas ihnen etwas hinterherrief. Kathrin Hansen war froh, dass sie es nicht verstehen konnte. Immer noch fühlte sie aufgestaute Wut in sich, sie dachte an Bruntje und ihr krampfte sich das Herz zusammen.

»Puh, was für ein widerlicher Scheißkerl«, stieß Maike Jansen heraus, als sie zum Audi gingen.

»Kaum zu glauben, dass der mit Bruntje verwandt ist.«

Stumm nickte Kathrin Hansen.

»Jetzt verstehe ich aber, warum Bruntje ihn nie erwähnt hat. Und was Hindrik gestern meinte, Bruntje hätte sich wegen dieser Verwandtschaft geschämt, scheint so gewesen zu sein. Bis jetzt habe ich mich ja mit dem Gedanken schwergetan, dass Klaas mit dem Mord an Bruntje etwas zu tun haben könnte, jetzt kann ich ihn mir jedoch glatt als ihren Mörder vorstellen.«

»Ja, der Meinung bin ich auch, dieser Mensch ist zu allem fähig«, kommentierte Maike Jansen. Ehe sie sich dazu näher äußern konnte, meldete sich das Handy der Hauptkommissarin.

»Müller«, meldete sich eine Bassstimme. »Ich wollte doch mal nachhören, wie es gelaufen ist, ob ihr vielleicht Unterstützung braucht«, meinte er und ließ wieder sein grollendes Lachen hören. Kurz berichtete Kathrin Hansen was sich ergeben hatte und Müller kam daraufhin ein Gedanke.

»Kathrin, sollen wir Klaas unter Beobachtung stellen? Was ist, wenn der sich einfach davon macht?«

»Habe ich auch schon dran gedacht. Aber nein, wenn du gesehen hättest, wie heruntergekommen der Mann ist, sowohl persönlich, wie auch die Umgebung, in der er lebt, giert der nach Geld. Dazu die drohende

Gefahr durch die Spielschulden, ich glaube, der setzt alles auf eine Karte.«

»Okay, selbst wenn er sich absetzen will, würde er nicht weit kommen. Schade nur, dass du und deine Kollegin für die paar Minuten die weite Fahrt machen musstet.«

»Hat sich aber gelohnt. Jetzt kann ich Klaas einschätzen und bin mir sicher, dass das mit der Testaments-Eröffnung nichts wird. Wenn Klaas morgen bei uns auftaucht, werde ich ihn in die Enge treiben. So, wie der nervlich drauf ist, wird er einen Fehler machen. Dann haben wir ihn am Haken.«

»Na, gut. Hoffen wir, dass es so wird. Euch dann eine gute Rückfahrt.«

»Danke, Hansi, aber jetzt fahren wir erst einmal in ein Kölsches Brauhaus und bestellen uns das dickste Eisbein, das die Küche zu bieten hat.«

»Unverschämt«, kam es grollend zurück.

»Gekochtes Eisbein mit Püree und Sauerkraut, dafür sterbe ich.«

»Komm mit, du bist eingeladen. Dabei lernst du endlich mal Maike, unser Nesthäkchen kennen.«

»Würde ich gerne, doch es geht nicht. Gleich ist eine Besprechung angesetzt, da kann ich nicht absagen. Doch gerne ein anderes Mal.

Und Kathrin, sobald morgen sich was Neues ergibt, melde dich bitte. Ich bleibe weiterhin am Casino Fortuna dran.«

»Klar, Hansi, mache ich, und das mit dem Melden gebe ich zurück.«

Zurück in die Kölner Innenstadt fuhren sie die Venloerstraße durch bis zum Friesenplatz, wo ganz in der Nähe die urkölsche Brauerei *Päffgen* war. Eines der Lieblingslokale, die Kathrin Hansen während ihrer Dienstzeit in Köln besucht hat. Und sie konnte es kaum glauben, auch hier hatte sie unverschämtes Glück bei der Suche nach einem Parkplatz. Direkt am Anfang der Ehrenstraße scherte ein gelber, aufgemotzter Ford aus einer Parkbucht und schoss röhrend davon.

»Super, besser geht es doch nicht«, meinte Kathrin Hansen aufgeräumt und zog einen Parkschein.

»Eine Stunde, Maike, das dürfte reichen. Später geht sowieso nicht, wir müssen die letzte Fähre kriegen.«

Im Brauhaus bugsierte sie Maike Jansen eingangs an dem offenen Bierausschank vorbei und steuerte im hinteren Bereich des Lokals einen Ecktisch an. Platziert an einem bunten

Glasfenster, das ein altes Kölner Motiv zeigte, saßen sie so richtig schön gemütlich.

»Ein Kölsch ist drin«, meinte Kathrin Hansen und zwinkerte ihrer Kollegin zu.

»Wir machen jetzt einen auf Feierabend.«

Ein ganz in Blau gekleideter Kellner schoss an ihren Tisch, platzierte zwei Bierdeckel vor ihnen auf die Platte und knallte darauf zwei Bierstangen.

»Zwei Kölsch, die Damen.

Darf es sonst noch was sein?«

Maike Jansen bekam den Mund nicht mehr zu. Schmunzelnd sah Kathrin Hansen sie an.

»Eisbein, Sauerkraut und Püree wäre okay?«

»Da kann ich doch nicht nein sagen«, stimmte Maike Jansen hungrig zu.

»Aber das Fleisch bitte nicht zu fett«, meinte sie zum Kellner.

»Mädchen, für dich suche ich das magerste Ferkel aus, das ich habe«, grinste er und verzog sich schwungvoll in Richtung Küche. Irritiert blickte sie ihm hinterher.

»Kathrin, sind die hier alle so?«

»Alle, das ist ihr Image. Und es sind auch keine Kellner, sondern nennen sich Köbes.«

»Na, dann Prost, und danke für die Einladung.«

22. KAPITEL

Stundenlanges Sitzen in einem Strandkorb war eigentlich nicht Maartens Ding. Dafür brachte er nicht die nötige Ruhe auf. Aber seit Mittag herrschte ein Sturm, der den Sand diagonal vor sich hertrieb. Daher machte Laufen am Strand keinen Spaß und sich auf eine Bank am Bohlenweg setzen würde nichts bringen. Ben, der neben ihm daher trottete, schien auch nicht gerade begeistert zu sein. Von daher mietete Maartens am Oststrand einen knallgelben Strandkorb. Seine Rückseite drehte er zum Wind hin und machte es sich dann im Korb bequem. Ben legte sich faul auf den warmen Boden und schmiegte sich an seine Beine. Das Leben konnte richtig schön sein.

Maartens verspürte Lust, seine Gedanken dahingleiten zu lassen. Friederike war mit einer Kindergruppe bis abends mit ihrem neuen Wimmelbuch beschäftigt und er wollte sich über einige Dinge klar werden. Seit er von der

Hauptkommissarin erfahren hatte, dass Yusuf Baka unter der Beobachtung zweier Beamten des LKA stand, war er schon etwas ruhiger geworden. Und doch, der brutale Mord an Bruntje Klaas bereitete ihm weiterhin mächtige Sorgen. Von der Tötungsart her könnte es der Mörder der Syrerin gewesen sein, nur professionelle Killer waren in der Lage, beide Techniken so perfekt zu beherrschen. Aber irgendetwas passte nicht. Er nahm sein Handy und rief das Foto von Bruntje Klaas auf. Lange betrachtete er ihr altes, faltenreiches Gesicht. In früheren Jahren musste sie einmal eine sehr hübsche Frau gewesen sein. Geblieben war die starke Intensität ihrer Augen. Groß, dunkelblau, mit einer Klarheit und Lebendigkeit, die ihr Alter vergessen ließ. Eines wurde deutlich, Bruntje Klaas hatte noch nicht vorgehabt, sich aus dem Leben zu verabschieden.

Doch dann kam es anders. Gewalttätiger Tod durch Genickbruch, während sie in aller Herrgottsfrühe auf ihrer Lieblingsbank saß und an ihren verstorbenen Hein dachte. Vermutlich war es so gelaufen, dass der Mörder als Jogger daherkam. Kapuze über dem Kopf, bei Bruntje einen schnellen Schlenker hinter ihre Bank machte, sie blitzschnell mit beiden Händen am

Kopf fasste und ihr den Halswirbel brach. Eine Sache von Sekunden. Wenn man wusste, wie es ging. Nur Bestien waren zu so etwas fähig.

»Ich könnte jetzt einen Schnaps vertragen«, murmelte Maartens und streichelte Ben mit der Hand über den Kopf. Dabei wurde er abgelenkt durch zwei zänkische Möwen, die einige Meter vor ihm zur Landung ansetzten. Während sie um die Beute stritten, durchstießen ihre Schreie das Heulen des Windes. Ben wurde aufmerksam, verharrte einen Moment angespannt und ehe Maartens registrierte was los war, schoss der Hund auf die Vögel zu. Wütend schleuderten sie ihm ihren Protest entgegen, ließen ihre Beute fallen und flogen in die auslaufenden Wellen. Maartens beobachtete, wie Ben an etwas schnupperte, zu ihm hin spinkste, den Gegenstand aufnahm und zu ihm gelaufen kam. Wie er es in seiner Ausbildung gelernt hatte, legte Ben sein Mitbringsel vor Maartens ab, setzte sich auf die Hinterläufe und blickte seinen Chef stolz an.

Als Maartens erkannte, was Ben angeschleppt hatte, brachte er nur ein »ach du Scheiße« heraus. Vor Aufregung vergaß er den Hund zu loben und griff automatisch nach seinem Handy. Die schöne Stunde im

Strandkorb konnte er vergessen, der Rest des Tages war gelaufen.

»Wenn wir weiter so gut durchkommen, erreichen wir glatt noch eine Fähre früher«, meinte Kathrin Hansen gut gelaunt. Sie fühlte sich wohl, was nicht zuletzt dem leckeren Essen im Brauhaus geschuldet war. Aber auch das Gespräch mit Klaas, so kurz und unangenehm es auch gewesen war, hatte ihr Auftrieb gegeben. Deutlich sah sie die nächsten Schritte vor sich und hoffte, die Mordfälle in den nächsten Tagen zum Abschluss bringen zu können.

»Was mir gerade einfällt«, meinte sie zu Maike Jansen, »frag doch in der Dienststelle an, ob das Ergebnis der DNA von Yusuf Baka vorliegt. Beziehungsweise die Abgleiche zu den beiden Mordopfern.« Noch bevor Maike Jansen dazukam, meldete sich über die Freisprechanlage das Handy von Kathrin Hansen.

»Maartens hier, ich fürchte, ich habe keine gute Nachricht«, hörten sie ihn mit belegter Stimme sagen.

»Es sieht nach einem weiteren Mord aus.«

Fast hätte Kathrin Hansen einen nachfolgenden Wagen übersehen, als sie links ausscherte, um einen Bus zu überholen. Es dauerte einen Moment, bis sie das, was Maartens losgelassen hatte, verdauen konnte.

»Ich rufe Sie sofort zurück«, sagte sie, klinkte den Blinker rechts raus und fuhr auf die Nebenspur, die auf einen in dreihundert Meter entfernten Parkplatz führte. Sie bemerkte, dass Maike Jansen sie irritiert von der Seite her anstarrte und klärte sie kurz auf.

»Wäre ja auch zu einfach gewesen. Wer gibt sich denn schon mit zwei Morden zufrieden?«, gab die junge Kriminal Assistentin lakonisch von sich.

»Entschuldigen Sie, dass ich Sie abwürgen musste, aber wir waren auf der Autobahn«, klärte die Hauptkommissarin Maartens auf. »Aber jetzt geht es, wir stehen auf einem Parkplatz.«

»Habe ich mir schon gedacht, und nun ja, ich glaube, es gibt ein weiteres Todesopfer.« Dann berichtete Maartens, das Ben Reste einer menschlichen Hand angeschleppt hatte. Und das aufgrund von Hautrückständen davon auszugehen ist, dass der Tod vor wenigen Tagen eingetreten war.

»Ich vermute, die Leiche liegt irgendwo in den Dünen und Tiere haben sie ausgebuddelt. Zumindest die Hand, vielleicht auch mehr.«

»Wo genau sind Sie?«, hakte Kathrin Hansen nach und betete, dass es nicht an einer Stelle war, wo sich Feriengäste tummelten.

»Oststrand, hinter dem letzten Strandzugang zum Pirolatal. Praktisch da, wo die letzten Strandkörbe stehen. Und zu Ihrer Beruhigung«, Maartens hatte ihre Sorge im Hinblick Urlauber herausgehört. »Hier stürmt es mächtig, weit und breit ist kein Mensch zu sehen.«

»Gut. Konnten Sie erkennen, ob es sich um die Hand einer Frau oder die eines Mannes handelt?«

»Also ich würde sagen, dass es die Hand eines Mannes ist. Aber Sie kennen das ja, hier ist die Pathologie gefragt.«

»Der zweite Mann«, warf Maike Jansen dazwischen.

»Yusuf Bakas Begleiter. Der Mann, der angeblich urplötzlich abgereist ist, weil seine Mutter verstorben ist. Wenn ihr mich fragt, wäre mir das die liebste Variante.«

»Hier teile ich ganz Ihre Meinung«, ließ sich Maartens vernehmen, »doch wir müssen die Leiche erst einmal finden. Und das dürfte nicht ganz einfach werden. Die Möwe mit dem Fund könnte von überall auf der Insel hergekommen sein. In der Luft schrumpft die Entfernung auf ein Minimum.«

»Und sollten weitere Leichenteile auftauchen, bricht unter unseren Feriengästen eine Panik aus«, erwiderte Kathrin Hansen kaum verständlich. Hatte sie vor Minuten noch ein Hochgefühl verspürt, musste sie sich jetzt zusammenreißen, um einen klaren Gedanken fassen zu können. Die Vorstellung, dass der Fund, den Ben seinem Herrn vor die Füße gelegt hatte, nur der Anfang war, veranstaltete in ihrem Kopf Turbulenzen. Im Innersten wusste sie, dass es keine schnelle Lösung geben konnte, die Leiche unmöglich in den nächsten Stunden gefunden würde. Nicht mit einem Aufwand, der von der Öffentlichkeit unbemerkt bleiben musste.

23. KAPITEL

»Kaffee für die schönste Strandnixe von Langeoog«, tröpfelte es in ihr Bewusstsein. Weiterhin verkündete die fröhliche Stimme, das Bad wäre frei und fragte, ob die Strandnixe ein oder zwei Eier zum Frühstück wünsche. Sie musste träumen, in der Wirklichkeit gab es so etwas nicht. Ihr Bettzeug wurde weggezogen und sie schoss in die Höhe.

»Hindrik«, murmelte sie verschlafen und blickte ihn mit zusammengekniffenen Augen an.

»Herrje, wie spät ist es?«

Hindrik gab ihr einen Kuss auf die Stirn und meinte schmunzelnd, alles sei gut, ihr Chef hätte die Besprechung um eine Stunde verschoben.

»Heidkamp?

Was hat der denn hier zu suchen?«

Schlagartig wurde sie wach.

»Verdammt, ich muss zur Dienststelle, ich muss alles organisieren, wir müssen die Insel durchkämmen.«

»Später, die von dir angesetzte Besprechung ist erst um zehn Uhr. Jetzt erst einmal ins Bad und danach können wir noch schön gemütlich frühstücken.«

»Puh, ich fühle mich wie gerädert«, sagte Kathrin Hansen, als sie auf die Terrasse trat. Sie ging zu Hindrik und umarmte ihn.

»Es war eine fürchterliche Nacht. Überall sah ich Vögel mit Leichenteilen im Schnabel.

Grauenhaft.«

Hindrik schenkte Kaffee ein und berichtete, dass schon recht früh Kriminalrat Heidkamp angerufen und darüber informiert hatte, dass es beim ihm später würde. Er müsste seine Frau zum Arzt begleiten.

»Oh, hoffentlich hat Elseke nichts Ernstliches«, äußerte sich Kathrin Hansen besorgt.

»Nein, soweit ich das verstanden habe, hat sie eine Vorsorgeuntersuchung, also nicht so schlimm. Nur hatte dein Chef den Termin vergessen. Aber jetzt wird gefrühstückt und für die nächste halbe Stunde kommt hier nichts Dienstliches auf den Tisch.«

»Klar, Käpt´n«, gab Kathrin Hansen schon etwas aufgeräumter zurück.

»Wie sieht heute dein Tag aus?«

Sie schaffte es dann tatsächlich, die zerstörenden Gedanken, die aufkommen wollten, zu unterdrücken. Hindrik berichtete über den Fortschritt eines neuen Projektes, das er mit einer Gruppe Jugendlicher aus dem Heim durchführte. Er durchquere mit ihnen die Insel und sie dokumentierten alle Besonderheiten und Sehenswürdigkeiten. Ergänzend recherchierten sie im Inselarchiv die Geschichte von Langeoog, stellten Fotos und eigene Kommentare hinzu. So käme einiges zusammen. Als Endziel wurde eine App über die Insel ins Auge gefasst. Ausnahmslos waren die Jungen und Mädchen von der Sache begeistert.

»Beteiligen sich auch Kinder, die aus Kriegsgebieten kommen?«, wollte Kathrin Hansen wissen.

»Und ob. Zwei Jungen und drei Mädchen machen mit. Nach den furchtbaren Erlebnissen ist es für sie immer noch unfassbar, jetzt so frei leben zu können. Wobei«, die Stimme von Hindrik wurde dünner, »ich oft bemerke, dass bei Exkursionen plötzlich einige in Starre verfallen. Vermutlich durchleben sie in solchen

Momenten schlimme Dinge, die sich in ihrer Vergangenheit abgespielt haben. Ich befürchte, manche von ihnen werden nie mehr ganz unbelastet leben können.«

»Ja, das denke ich auch. Dafür ist es umso wichtiger, dass diese Menschen bei uns ein Leben ohne Gewalt kennenlernen.« Kaum hatte sie es gesagt, zuckte sie zusammen. Sie glaubte Ceylin Siham zu sehen, die junge unschuldige Frau, die an ein besseres Leben geglaubt hatte. Tief atmete Kathrin Hansen durch.

Unruhe kroch in ihr hoch.

Hastig trank sie den letzten Schluck Kaffee, stand auf und gab Hindrik einen Kuss.

»Danke für das Frühstück, aber jetzt muss ich los.«

Ihr kam ein Gedanke.

»Bist du heute wieder mit deiner Gruppe auf Exkursion?«

»Hatten wir vor, warum fragst du?«

»Wäre es möglich, dass ihr den Weststrand abgrasen könntet? Dort, wo sich die Urlauber aufhalten?« Fragend blickte Hindrik sie an, dann begriff er.

»Du meinst, wir sollten die Augen nach etwas offenhalten, das dort nicht hingehört?

Etwas in der Art, wie gestern der Hund von Maartens gefunden hat?«

Eigentlich war es Kathrin Hansen nicht recht, Hindrik darum zu bitten, aber sie musste alle Möglichkeiten nutzen.

»Es ist der Weststrand, also nicht da, wo Ben den Möwen ihre Beute abgejagt hat. Und es ist unwahrscheinlich, dass dort durch Tiere verschleppte Leichenteile herumliegen. Aber es würde mich beruhigen zu wissen, dass der Strand dort sauber ist.«

»Klar, verstehe ich.

Eine gute Idee.

Ich werde die Gruppe auf das Thema ansetzen, die durch die Flut angespülten Meerestiere aufzusammeln, um sie katalogisieren zu können. Das gibt Sinn und wird den Kids viel Spaß machen. Sollte dabei etwas Ungewöhnliches gefunden werden, melde ich mich.«

Erleichtert atmete Kathrin Hansen auf. Den Weststrand konnte sie schon mal auf die weiße Liste setzen.

»Danke, Hindrik, das hilft mir sehr. Aber jetzt wird es für mich Zeit, es dürfte ein turbulenter Tag werden.«

Verblüfft blickte sie in der Dienststelle ihren Chef Dr. Heidkamp an, der in Gedanken versunken, eine auf dem Tisch ausgerollte Karte studierte. Vor ihm stand eine Kanne mit Kaffee, der leere Brötchenteller daneben machte klar, dass er auch schon gefrühstückt hatte.

»Aber Hindrik hat doch gesagt, dass Sie eine Stunde später kämen«, sagte Kathrin Hansen überrascht.

»Ich wäre doch sonst schon längst hier.«

Lächelnd blickte Heidkamp sie an.

»Es hat sich dann doch anders ergeben. Elseke wollte nur beim Arzt abgesetzt werden, für die Rückfahrt nimmt sie ein Taxi. Und ich habe die Stunde, die ich früher hier sein konnte, in Ruhe genossen. In meiner Dienststelle ist dies unmöglich.«

Schmunzelnd spinkste er zu der Kaffeekanne und dem leeren Dessertteller.

»Wie Sie sehen, bin ich zudem bestens versorgt worden.«

Mit der Hand zeigte Kathrin Hansen auf die Karte.

»Sie studieren die Landschaft der Insel?«

»Genau. Ich habe eben mit Maartens telefoniert, er hat mir beschrieben, wo er im Strandkorb gesessen hat, als die Möwen mit ihrer Beute auftauchten. Wir haben überlegt, wie die Windverhältnisse waren und woher die Möwen gekommen sein könnten. Heißt, wo sie die Handknochen aufgenommen hatten. Es ist nicht davon auszugehen, dass sie lange gegen den gestern herrschenden starken Ostwind geflogen sind, also müssen sie aus östlicher Richtung gekommen sein. Vielleicht auch aus Süd Ost.«

Während des Gesprächs hatte Kathrin Hansen ihre Jacke und Tasche abgelegt. Ava Sari, die hereinkam und fragte, ob sie noch etwas bringen sollte, bat sie um ein Glas Wasser. Dann konzentrierte sie sich ganz auf die Karte.

»Ich sehe das auch so, die Vögel müssen die Knochenreste nicht weit von der Stelle, wo Maartens im Strandkorb saß, entdeckt haben. Und ich kann mir nur vorstellen, dass die Leiche in den Dünen vergraben wurde. Doch nicht tief genug, um zu verhindern, dass sie von Tieren ausgebuddelt wird, wenn auch vielleicht nur stückchenweise.«

»Haben Sie eine Vorstellung, wer der Tote sein könnte?«, meinte Heidkamp.

»Ja. Wir gehen davon aus, dass es sich um den Begleiter von Yusuf Baka handelt. Der Mann, der angeblich wegen seiner verstorbenen Mutter plötzlich abreisen musste. Ich weiß, es ist äußerst spekulativ, doch nur das ergibt Sinn. Ein vermisster Bewohner der Insel kann es nicht sein, das wäre uns gemeldet worden und an einen Urlauber glaube ich auch nicht.«

»Gut. Das kann dann aber nur bedeuten, dass dieser Baka seinen Kumpel ermordet hat. Er wollte seinen Mitwisser loswerden. Nur hat er leider nicht damit gerechnet, dass wir an seine DNA herankommen.«

»Liegt das Ergebnis vor?«

»Es müsste in den nächsten Stunden hereinkommen, ist es positiv, schnappen wir uns den Mann.«

»Haben Sie etwas von den beiden Leuten des LKA gehört, die ihn beschatten?«

Verneinend schüttelte Heidkamp den Kopf.

»Unsere Absprache ist so, dass die sich nur melden, wenn die Gefahr besteht, dass Yusuf Baka ein weiteres Verbrechen plant, oder Anstalten macht, abzureisen. Doch anscheinend läuft alles in ruhigen Gewässern.«

»Okay.«

Kathrin Hansen nahm sich doch noch einen Schluck Kaffee und blickte auf die Karte.

»Wie gehen wir weiter vor? Wir müssen die Leiche schnellstens finden.«

»Ich bin ganz Ihrer Meinung.«

Heidkamp blickte auf die Uhr.

»In etwa einer Stunde legt im Hafen ein Boot vom Grenzschutz an. Die Beamten geben sich als Geologen aus, die im Auftrag der Landesregierung prüfen, wie weit die Maßnahmen zur Verstärkung der Dünen gegriffen haben. Sie werden das Gelände durchkämen.« Er bemerkte die steile Falte auf der Stirn der Hauptkommissarin. Beruhigend hob er die Hand.

»Machen Sie sich keine Sorgen, die Leute verstehen ihr Handwerk. Jan Meier, der Leiter der Gruppe, ist ein guter Bekannter von mir, ihm habe ich deutlich gemacht, dass die Öffentlichkeit nicht mitbekommen darf, worum es wirklich geht.

Also alles gut.«

»Puh.«

Kathrin Hansen musste das erst einmal verdauen. Doch sie gestand sich ein, dass es eine brillante Idee war. Wie Heidkamp das so schnell hingekriegt hatte, war ihr allerdings ein Rätsel. Dann schoss ihr ein Gedanke durch den Kopf.

»War das mit der verschobenen Besprechung heute Morgen eine Finte?«, meinte sie.

»Wollten Sie vermeiden, dass ihre Hauptkommissarin gegen diese Aktion ein Votum einlegte?«

»Aber nein, auf diese Idee käme ich nun wirklich nicht«, erwiderte Heidkamp, wobei er nicht vermeiden konnte, dass sich in seinen Augen ein lustiges Funkeln bemerkbar machte.

24. KAPITEL

Nach der Besprechung mit dem Kriminalrat war die Zeit wie im Fluge vergangen. Mehrmals hatte sie mit ihrem Kollegen Müller in Köln telefoniert, sie musste checken, was über Lüder Klaas sonst noch bekannt war. In welchen Kreisen er verkehrte. Laut Müller waren ein paar schwere Jungs aus dem Drogen- und Prostitutionsgeschäft darunter. Sie müsste damit rechnen, so Müller, dass Klaas solche Typen als Verstärkung mitbringen würde.

Na toll, dachte Kathrin Hansen, die fehlen mir gerade noch. Anschließend stöberte sie im Internet, um mehr über das Spiel-Casino Fortuna zu erfahren. Doch außer einer Startseite mit Angabe des Standortes, den Öffnungszeiten und Versprechungen über hohe Gewinnquoten, war da nichts. Nun, ihr reichte es. Jeden Moment musste Lüder Klaas diese Schmuddelgestalt aufkreuzen. Ihr wurde jetzt schon übel.

Ihr Chef hatte es da besser erwischt. Heidkamp hatte sich mit seinem Freund Maartens verabredet, sie wollten sich das Golfgelände ansehen und das umliegende Wäldchen durchforsten. Nun, wie Kathrin Hansen die beiden kannte, würden ihre Nachforschungen garantiert im Fährmann enden. Mittlerweile war die urige Kneipe ihr Stammlokal und das ihrer Freunde. Vielleicht, überlegte sie, könnten Hindrik und ich am Abend dort auch ein Bierchen trinken. Etwas Abwechslung würde uns guttun. Nun, alles hing davon ab, wie der Rest des Tages verlief.

»Kathrin, wie halten wir das gleich mit der Vernehmung von Klaas?«, unterbrach Friedrichs sie, der mit Maike Jansen ins Büro kam.

Kathrin Hansen informierte sie über das, was sie vom Kölner Kollegen erfahren hatte und dass sie damit rechnen müssten, dass Klaas in Begleitung auftauchen würde.

»Anfangs halten wir es so«, sie blickte ihren Stellvertreter an, »dass du, Olli, dich um die Begleitung kümmerst. Setze dich mit wem auch immer in den Pausenraum, mach einen auf freundlich und versuche möglichst viel zu erfahren. Keine Vernehmung, ein lockeres Gespräch. Maike und ich werden Klaas vernehmen. Punkt eins ist sein Alibi, wobei ich mir nicht allzu viel davon verspreche.«

»Warum bist du dir da so sicher?«, fragte Friedrichs.

»Ganz einfach. Ich glaube nicht, dass Klaas auf der Insel war und einen Mord begangen hat oder daran beteiligt war. Bei der Tat an Ceylin Siham auf keinen Fall, da haben wir Yusuf Baka und seinen Kumpel. Bei Bruntje kann ich es mir einfach nicht vorstellen. Klaas ist meiner Meinung nach nicht zu einer solchen Tat fähig.«

»Aber wie wollen wir ihn dann festnageln?« Im Gesicht von Maike Jansen zeigte sich Skepsis.

»Wenn Klaas ein brauchbares Alibi hat, wird es schwer.«

»Wir setzen ihn unter Druck. Teilen ihm mit, dass die Erbschaftsangelegenheit so lange ausgesetzt wird, bis der Mord an seiner Tante aufgeklärt ist. Er braucht dringend Kohle und ich müsste mich schwer wundern, wenn der Mann dann nicht ausflippt. Er wird Fehler machen und wir haben ihn.«

Verblüfft betrachtete sie das Pärchen, das Ava Sari in ihr Büro führte. Mit allem hatte Kathrin Hansen gerechnet, aber jetzt verschlug es ihr für einen Moment die Sprache. Lüder Klaas in Begleitung einer Frau.

Und was für ein Paradiesvogel.

Einen Kopf größer als Klaas hatte sie weißblondes schulterlanges Haar, knallrot gefärbte Lippen und ihr Make-up musste sie mit einer Spachtel aufgetragen haben. Wohl in der Meinung, dass das Leben auf der Insel eine besonders freizügige Kleidung erfordere, war ihr ultrakurzes geblümtes Kleid oben so weit ausgeschnitten, dass eine Sandbank in voller Breite hineingepasst hätte. Dagegen sah Lüder Klaas in seinem viel zu engen dunklen Anzug aus, als hätte er den Termin zu seiner Konfirmation verpasst.

Belustigt schielte sie zu Friedrichs hin, der mit großen Augen die beiden bekneiste. Klaas stellte seine Begleiterin als Rosamunde Schmitz, seine Lebensgefährtin vor.

»Mein Röschen«, sülzte er und Kathrin Hansen bemerkte, wie das Röschen kokett mit ihren angeklebten Wimpern klimperte. Spontan beschloss Kathrin Hansen ihre Strategie zu ändern und einen auf nett zu machen.

Anfangs.

Danach würde es anders laufen.

»Das ist aber schön, dass Sie ihre Lebensgefährtin mitgebracht haben«, sagte sie und gab beiden mit einem Lächeln die Hand.

»Wie lange sind Sie schon ein Paar?«

»Drei Monate und einundzwanzig Tage«, erwiderte Klaas.

»Dreiundzwanzig Tage, Lüderchen«, korrigierte das Röschen. »Du hast das Belvedere vergessen, wo wir zwei Tage nicht aus den Betten kamen. Meine Güte, was warst du da für ein Hengst.«

Täuschte sie sich, oder streckte Klaas tatsächlich seinen Spitzbauch noch mehr heraus? Auf jeden Fall hätte Kathrin Hansen fast laut losgeprustet, während sie Maike Jansen ansah, dass diese am liebsten in die nächste Ecke gekotzt hätte.

Jedenfalls nahmen die entspannten ersten Minuten die Schärfe aus der Situation. Auch Klaas, der sie in Köln mit Wut im Bauch aus der Wohnung geworfen hatte, wirkte gelöster.

»Können wir Ihnen einen Kaffee anbieten, schließlich sind Sie ja schon einige Stunden unterwegs«, führte Kathrin Hansen den Dialog weiter.

»Ach, das wäre aber ganz lieb von Ihnen, wir mussten ja auch schon so früh aufstehen«, flötete Röschen. »Vorher müsste ich aber mal für kleine Mädchen.«

»Kein Problem, auf dem Flur links. Mein Kollege Herr Friedrichs wird sie anschließend in unseren Besucherraum begleiten.«

Irritiert blickte die Frau zu Klaas hin.

»Ist okay, Röschen, bei mir dauert es nicht lange. Danach zeige ich dir das Anwesen, das ich geerbt habe. Und zur Bank müssen wir auch noch. Ich muss wissen, was die Alte auf dem Konto hat.«

In dem Moment war es bei Kathrin Hansen mit der Freundlichkeit vorbei. Es wurde Zeit, dass sie den Scheißkerl festsetzte.

»Gut, und wir beide machen uns an die Arbeit«, sagte sie zu ihm und zeigte auf den Stuhl.

»Setzen Sie sich.«

Nach Aufklärung über seine Rechte nahm sie die Personalien auf und fragte ihn, wo er sich in den Zeiten, in denen die Mordfälle verübt wurden, aufgehalten hatte. Sein angebliches Alibi war dann keine Überraschung für sie. Er und seine Lebensgefährtin wären ständig zusammen gewesen. Sie würde das bezeugen, so seine Aussage.

»Okay.«

Kathrin Hansen bohrte ihren Blick in seine Augen.

»Sie lügen.

Sie sind ein Scheißkerl. Ich werde Sie wegen Mordes an ihrer Tante am Hintern kriegen. Ihre Lebensgefährtin werde ich so lange weichkochen, bis sie aussagt, dass Ihr Alibi Schall und Rauch ist.«

Wie vom Donner gerührt starrte Klaas sie entgeistert an.

»Aber eben war doch noch alles gut«, stammelte er einfältig. Dann ging ein Ruck durch seinen schlappen Körper und ein verschlagener Ausdruck ließ sein aufgedunsenes Gesicht noch abstoßender wirken.

»Sie können mir gar nichts. Außer, dass ich Alleinerbe bin, habe ich mit dem Tod meiner Tante nichts zu tun. Und glauben Sie nur nicht, dass ich jetzt hier sitze, weil Sie mir gestern gedroht haben. Wegen der Testament-Eröffnung hätte ich heute sowie auf die Insel kommen müssen. Und jetzt können Sie mich mal.«

Er wollte aufstehen, als Kathrin Hansen mit der flachen Hand auf den Tisch donnerte.

»Sie bleiben.«

In dem Moment kam Ava Sari in den Raum und hatte ein Blatt Papier in der Hand. Ihrer Miene entnahm Kathrin Hansen, dass es sich um etwas Wichtiges handeln musste.

»Entschuldige, Kathrin, aber das solltest du lesen«, meinte Ava Sari und reichte ihr den Ausdruck. Mit einem Blick zu Maike Jansen hin gab Kathrin Hansen ihr zu verstehen, dass sie Klaas im Auge behalten sollte. Sie rollte mit dem Bürostuhl etwas zurück und überflog die Mail des Kollegen Müller aus Köln. Auf ihrer Stirn bildete sich eine tiefe Falte. Sie blickte zu Klaas hin, der sie angespannt beobachtete. Dann las sie die Nachricht nochmals aufreizend langsam und legte anschließend den Ausdruck mit der Rückseite nach oben vor sich auf den Tisch.

Ein flüchtiges Lächeln überzog ihr Gesicht.

»Sie können gehen.

Aber wundern Sie sich nicht, wenn Sie auf Ihren Freund Koljic treffen.

Langeoog ist klein.«

Mit aufgerissenen Augen blickte Klaas sie an. Kalkweiß im Gesicht wollte er etwas sagen, schaffte es aber nicht.

»Raus, oder gibt es etwas, das ich wissen sollte?«, flüsterte Kathrin Hansen leise. Leise, wie in einer Kirche oder bei einer Trauerfeier.

Sichtlich angeschlagen erhob sich Klaas von seinem Stuhl, ging unsicher zur Tür und verließ den Raum.

»Wir haben ihn.«

Triumphierend blickte Kathrin Hansen ihre Kolleginnen an.

»In spätesten vierundzwanzig Stunden sitzen Klaas und Yusuf Baka hinter Gitter.«

»Klaas und der Syrer kennen sich?«, fragte Maike Jansen.

»Möglich.

Aber hier geht es um Luca Koljic, der Mann, der abhandengekommen ist. Er und Klaas kennen sich vom Spiel-Casino her. Nun müssen wir Koljic nur noch ausbuddeln.«

»Na toll«, meinte Maike Jansen.

»Wenn es weiter nichts ist.«

25. KAPITEL

Argwöhnisch bekneiste Friederike ihren Mann. Offensichtlich beschäftigte er sich mit etwas, dass ihm keine Ruhe ließ. Seit tags zuvor, als sie nachmittags von der Kindergruppe kam, lief er mit besorgter Miene herum. Etwas war im Busch. Von den schrecklichen Morden an der jungen Syrerin und Bruntje Klaas hatte er ihr erzählt, aber da musste mehr sein.

»Bent, was ist los?

Und sag mir jetzt nicht, es wäre alles in Ordnung.«

Maartens ließ sich Zeit, er war sich nicht schlüssig, ob es zu verantworten war, Friederike von dem Verdacht, dass es einen weiteren Mord gegeben haben könnte, zu erzählen. Er wusste um ihre Sorge, dass er sich in den Ermittlungen mit reinhängen würde, um ihre Angst, dass ihm etwas passieren könnte. Und er verstand sie nur zu gut. Jahrzehntelang, als er Chef der Mordkommission gewesen war, hatte sie mit dieser Angst leben müssen. Im Ruhestand, so hatte sie gehofft, hörte das endlich auf.

»Stimmt, es ist nicht alles gut. Zumindest nicht ganz. Soweit ich von Heidkamp gehört habe, kommen sie in der Ermittlung der beiden Mordfälle weiter, sie warten noch auf ein DNA-Ergebnis. Bei einem positiven Bescheid steht eine Verhaftung an.«

»Ich nehme an, es handelt sich hierbei um den Mord an der jungen Frau?«, erwiderte Friederike.

Zustimmend nickte Maartens und trank widerwillig einen Schluck Kräutertee. Kaffee wäre ihm lieber gewesen, in seiner Unruhe gierte er nach Koffein, aber seine Frau bestand darauf, dass nachmittags Tee auf den Tisch kam. Wäre besser für eine ruhige Nachtruhe, so ihr Argument.

»Ja, der DNA-Abgleich bezieht sich auf die Tat an der Syrerin. Nach derzeitigen Erkenntnissen waren zwei Täter beteiligt. Doch einer von ihnen ist plötzlich verschwunden.« Unbehaglich rutschte Maartens auf dem Korbsessel herum.

»Gestern Nachmittag am Strand hat Ben mir dann etwas richtig Fieses, dass er einer Möwe abgejagt hat, vor die Füße gelegt.«

Friederike bekam große Augen, sie ahnte, was kam. Kurz schilderte Maartens, was geschehen war und sah mit zusammen gekniffenen Augen zu den Dünen hin. Von ihrer Terrasse im Polderweg war es nur ein kurzes Stück und die Vorstellung, dass dort ein Toter lag, der von Tieren angefressen wurde, jagte ihm einen Schauer über den Rücken.

»Und was willst du jetzt unternehmen?« Friederike rümpfte die Nase, ein sicheres Zeichen, dass ihr gewaltig etwas gegen den Strich ging.

»Nichts. Außer«, Maartens sah auf seine Armbanduhr, »dass ich gleich einen Jan Meier treffe, den Chef einer Gruppe des Grenzschutzes. Heidkamp hat mich gebeten, diesen Leuten die Stelle zu zeigen, wo ich gesessen habe, als die Vögel mit ihrer Beute auftauchten. Das ist es dann aber auch schon.«

Schon etwas entspannter musterte ihn Friederike, doch so ganz traute sie dem Braten nicht.

»Heidkamp ist auf der Insel?«

Zustimmend nickte Maartens.

»Berend meint, im Mordfall Bruntje Klaas liefen die Ermittlungen in eine bestimmte Richtung, er hofft, schon bald zu einem

Abschluss zu kommen. Doch jetzt muss ich los, um diesen Meier zu treffen.«

»Solltest du zufällig«, das zufällig zog Friederike etwas in die Länge, »Berend treffen, sage ihm, dass wir uns sehr freuen, dass er und Elseke auf die Insel ziehen.«

»Mach ich«, erwiderte Maartens, leinte Ben an und verließ durch das Gartentor das Anwesen.

Zufrieden registrierte Maartens nur drei Fahrräder, die am Übergang zum Hundestrand abgestellt waren. Je weniger Menschen herumliefen, umso geringer war die Gefahr, dass jemand über eine Leiche stolperte. Langsam stapfte er durch den Sand den Übergang hoch und blickte in die Dünen. Im Grunde gab es hier keine Mulden oder Senkungen, wo man mal so eben einen Toten verschwinden lassen konnte. Maartens stellte sich vor, wie der Mord und die Entsorgung des Opfers gelaufen sein könnten. Klar, Yusuf Baka und sein Bekannter konnten einen auf Spaziergänger gemacht haben, gerieten in Streit und Baka murkste seinen Kumpel ab.

Schnell, lautlos.

Darin kannte er sich aus. Doch danach musste er das gewiss nicht leichte Opfer in die

Dünen schleppen, mit den Händen eine Mulde ausheben, das Opfer hineinlegen und zuschaufeln.

Kaum vorstellbar.

Nein, der Mord musste an einem Ort geschehen sein, wo sich die Möglichkeit bot, den Toten schnell und tief genug vergraben zu können. Wenn vielleicht auch nicht so tief, dass Tiere ihn nicht wittern konnten.

Auf dem Kamm des Überganges angekommen, bemerkte Maartens am Strand Personen in Wanderkleidung, die es sich im Sand bequem gemacht hatten und picknickten. Neben ihnen lagen zwei Schäferhunde, die aufmerksam die Umgebung beobachteten. Eine Wandergruppe, die das herrliche Wetter und das Meer genossen. Doch Maartens wusste es besser.

Zielstrebig stapfte er auf die Leute zu und betrachtete den Mann, der aufgestanden war und ihm entgegenkam. Die drahtige Gestalt, Anfang fünfzig, fragte ihn, ob er Bent Maartens sei. Sich selbst stellte er als Jan Meier vor. Meier berichtete, dass er mit seinen Leuten von Osten her die Dünen abgegrast hätte, jedoch ohne Erfolg.

»Unsere zwei Hunde sind auf Leichenfunde ausgebildet, doch außer tierisches Aas haben sie nichts gemeldet.«

Maartens zeigte auf die Stelle, wo er die Möwen mit ihrem Fund bemerkt hatte, und Meier betrachtete durch seinen Feldstecher das Gelände in Richtung Weststrand.

»Gestern war starker Ostwind«, äußerte er sich grübelnd.

»Es kann natürlich sein, dass die Vögel tatsächlich weiter in Richtung Westen den Fund aufgepickt haben, im Aufwind nach Osten geflogen sind und dann von Ihrem Hund gestört wurden.«

»Schon möglich«, kommentierte Maartens.

»Doch je weiter man sich dem Weststrand nähert, umso mehr Menschen tummeln sich da. Versetze ich mich in die Lage des Täters, würde ich mir eine ruhigere Ecke aussuchen, um einen abzumurksen.«

»Wobei nicht feststeht, über welche Tageszeit während der Tat wir hier reden«, erwiderte Meier.

»Heißt, der Mord kann in der Dämmerung oder nachts geschehen sein, zu einer Zeit, wo nichts los ist.«

»Eher in der Dämmerung. Einen Menschen dazu zu bringen, mit einem hier nachts herumzulaufen, dürfte kaum angesagt sein.«

»Stimmt, da haben Sie auch wieder recht. Aber wie auch immer, nach Abschluss der heutigen Aktion werde ich Kriminalrat Heidkamp informieren und er muss entscheiden, ob wir morgen an der Westküste weitermachen.« So ganz begeistert klang der Mann nicht, was Maartens ihm nicht übelnahm. Er erkundigte sich noch, ob die Gruppe Schwierigkeiten mit irgendwelchen Leuten bekommen hätte, doch da war alles glattgelaufen. Wurden sie angesprochen, wurde ihre Erklärung, sie seien Geologen und würden im Auftrag des Landes Niedersachsen die durchgeführten Maßnahmen der Dünenbefestigung überprüfen, nicht nur geglaubt, sondern als eine sehr positive Maßnahme angesehen.

Maartens verabschiedete sich von dem Leiter der Gruppe und da sie am Hundestrand waren, ließ er Ben von der Leine. Während er an der Wasserlinie entlangging, wanderte sein Blick nach Westen. Er versetzte sich in die Lage eines Mannes, der seinen Bekannten loswerden wollte. Vielleicht sogar einen Freund, oder doch eher einen Menschen, der ihm nicht viel bedeutete.

Loswerden.

In dem Fall hieß das, den Mann töten und anschließend irgendwo im Nichts entsorgen. Ein Akt, der nur mit körperlichem Einsatz zu bewerkstelligen war. Wenn Yusuf Baka der Mörder war, ein Mann, der für alles seine Lakaien hatte, der mit Sicherheit nie seine Opfer selbst verscharrt hatte, musste es anders gelaufen sein.

Leichter.

Ohne große körperliche Anstrengung.

Verdammt.

Maartens spürte, dass er auf dem richtigen Weg war. Doch es hakte. Nachdenklich schritt er weiter am Strand entlang und beobachtete Familien, die sich freuten, ihre schönste Zeit des Jahres am Meer, auf einer wunderschönen Insel, ausleben zu können. Sah Kinder, die dort buddelten, wo der Sand sich mit Meerwasser vermischt hatte. Wo es so richtig schön matschig war. Eine glückliche, friedliche Welt.

Es wird Zeit, dass das Böse von der Insel verschwindet, fuhr es Maartens durch den Kopf und schritt schneller aus. Mehr und mehr kam er zu der Überzeugung, dass die Suche in den Dünen nichts bringen würde.

Plötzlich blieb er abrupt stehen.

Er musste an einen früheren Fall denken, in dem es sich ein Mörder einfach gemacht hatte, sich seines Opfers zu entledigen.

Auf Langeoog.

An einem prominenten Platz.

Und doch unbemerkt von der Öffentlichkeit.

Maartens spürte, wie sein Adrenalin Spiegel stieg. Er rief Ben bei Fuß, nahm ihn an die Leine und steuerte mit weit ausgreifenden Schritten den Strandübergang an.

26. KAPITEL

Trotz der neuen Erkenntnisse hatte Kathrin Hansen das Gefühl, dass ihr die Zeit davonlief. Es blieben nur noch wenige Stunden, um verhindern zu können, dass Lüder Klaas sein Erbe antreten konnte. Nervös trommelte sie mit den Fingern auf die Tischplatte und sah zu Maike Jansen hin, die auf ihrem iPad das Protokoll der Vernehmung von Klaas nochmals überflog.

»Ist es sicher, dass dieser Luca Koljic der Mann ist, der mit Yusuf Baka auf die Insel gekommen ist?«, hinterfragte Maike Jansen mit gerunzelter Stirn.

»Und Klaas kannte diesen Mann?«

Mit Blick auf ihr Handy nickte Kathrin Hansen.

»Wir werden es bald genau wissen. Müller habe ich mächtig Dampf gemacht, dass er mir ein Foto von diesem Mann schickt. Damit gehen wir rüber zum Dünenkieker und zeigen es Silke Bayer. Ich bin mir ganz sicher, dass sie bestätigen wird, das Koljic mit Yusuf Baka eingecheckt hat.«

»Ist Koljic ebenfalls Syrer?«

»Nein. Albaner. Er gehört zu den harten Jungs, die für das Spiel-Casino die Spielschulden eintreiben. Ein ganz übler Kotzbrocken, der wegen Totschlag einige Jährchen im Knast saß.«

»Nun, anscheinend hat er in Baka seinen Meister gefunden«, meinte Maike Jansen trocken. Für solche brutale Typen konnte sie kein Mitleid empfinden.

»Aber«, sie blickte mit gerunzelter Stirn vom iPad auf.

»Kannst du dir vorstellen, was der Mann mit dem Syrer zu tun hatte?«

Ehe Kathrin Hansen erwidern konnte, dass sie sich schon dieselbe Frage gestellt hatte, machte es Pling. Im Display ihres Handys erschien eine Mail mit Anhang.

»Ah, Müller hat das Foto geschickt. Maike, sieh dir den Typen mal an.«

»Sieht der widerlich aus«, kommentierte Maike Jansen mit Blick auf das brutale Gesicht des Mannes.

»Dem steht die Gewalt ins Gesicht geschrieben.« Über ihren Rücken jagte ein

Schauer. Sie musste daran denken, das Ceylin Siham von diesem Menschen wahrscheinlich vergewaltigt wurde. Vielleicht sogar getötet.

»Komm, wir gehen zum Dünenkieker.« Kathrin Hansen nahm ihre Umhängetasche, prüfte, ob sie ihre Dienstwaffe dabeihatte und forderte auch ihre Kollegin auf, diese mitzunehmen. Obwohl eine Schießerei das Allerletzte war, was sie veranstalten wollte.

Sie waren alleine in der Gaststube und die Chefin des Hotels betrachtete das Foto auf dem Handy.

»Genau, das ist der Mann. Ich hatte immer das Gefühl, dass es meinen Gästen unangenehm war, wenn er in ihre Nähe kam. Bin ich froh, dass er nicht mehr im Hause ist.«

Silke Bayer lächelte.

»Darauf gebe ich einen aus.« Den Protest von Kathrin Hansen ignorierte sie. Immerhin hätten normale Menschen um diese Zeit schon Feierabend, argumentierte sie und schenkte einen rosafarbenen Prosecco ein.

»Prost.«

Sie bemerkte den fragenden Blick der Hauptkommissarin und schüttelte den Kopf.

»Alles ruhig.

Mein spezieller Gast hat eben seine Rechnung bezahlt. Einschließlich bis morgen früh. Dann checkt er aus.«

Fast wäre Kathrin Hansen das Glas aus der Hand gefallen. Mit aufgerissenen Augen sah sie ihre Kollegin an.

»Maike, das ist es.«

Hastig nahm sie ihr Handy, scrollte ein Foto hoch und zeigte es der Wirtin.

»Silke, war dieser Mann schon mal hier?«

»Komisch, dass du danach fragst. Ich habe gesehen, wie der sich mit dem Gast, von dem wir gerade gesprochen haben, gestritten hat.

Draußen, vor dem Hotel.

Und es ging verdammt heftig zu, ich hatte schon Sorge, dass ich dich benachrichtigen müsste.«

»Wann war das?«

»Tja, kurz nachdem der Gast seine Rechnung bezahlt hatte. Er wollte einen Spaziergang am Strand machen. Draußen müssen sich die beiden dann wohl getroffen haben.«

»Passt alles«, stieß Kathrin Hansen heraus.

»Maike, wir müssen los.«

Sie bedankte sich bei Silke Bayer, schnappte sich ihre Tasche und drängte Maike Jansen zum Ausgang.

27. KAPITEL

Kathrin Hansen überraschte Kriminalrat Heidkamp dabei, als er in seinem neu erworbenen Haus im Kavalierpad eine Bauzeichnung überprüfte. Anderntags rückten die Handwerker an und er wollte sichergehen, dass bei der Planung kein Fehler unterlaufen war. Kurz teilte sie ihm mit, dass sich Neues ergeben hätte und dass sie sich zusammensetzen müssten.

»Ich bin sofort dabei, reservieren Sie schon mal das Hinterzimmer im Fährmann. Und bestellen Sie eine Platte mit Schnittchen für alle.«

Kurz darauf, es ging auf siebzehn Uhr zu, saß die komplette Dienststelle mit Heidkamp im Hinterzimmer der Gaststätte. Kathrin Hansen erläuterte, dass Lüder Klaas und Yusuf Baka sich kannten, dass sie sich vor dem Hotel eine heftige Auseinandersetzung geliefert hatten.

»Und wir haben jetzt auch die Identität des zweiten Mannes, des Bekannten von Yusuf Baka.

Luca Koljic, Albaner. Ein ganz übler Bursche. Doch bevor wir hier einsteigen«, sie blickte zu Heidkamp hin, »haben wir das Ergebnis der DNA von Yusuf Baka?«

Bestätigend nickte ihr Chef.

»Gerade auf dem Weg hierher habe ich die Mitteilung bekommen. Hat deshalb so lange gedauert, weil in dem Labor eines der Analysengeräte ausgefallen ist. Hat man es besonders eilig, passieren solche Pannen.

Doch der Abgleich ist eindeutig:

Positiv!

Yusuf Baka hat die junge Syrerin vergewaltigt. Ob er sie auch getötet hat, wird sich noch zeigen. Da es einen weiteren Verdächtigen gibt, nun bekannt als Luca Koljic, kann auch er dem Opfer die Halsschlagader aufgeschlitzt haben. Ich kann mir vorstellen, dass er auch an der Vergewaltigung beteiligt war.«

»Jedenfalls hat einer der beiden Bruntje getötet«, äußerte sich Kathrin Hansen überzeugt.

»Ich wette, dass Yusuf Baka Kontakte zum Spiel-Casino hat. Damit schließt sich der Kreis.«

»Verdammt, jetzt brauche ich einen Schnaps«, meinte Heidkamp. Er klingelte der Bedienung und bestellte für alle einen ostfriesischen Klaren. Unruhig rutschte Kathrin Hansen auf ihrem Stuhl. Sie bemerkte, dass es Maike Jansen nicht anders ging, sie dachte wohl dasselbe wie sie.

»Wir brauchen noch heute die Haftbefehle für Yusuf Baka und Klaas«, sagte Kathrin Hansen heftiger, als gewollt.

»Vornean steht die Verhaftung von Klaas. Somit fällt die für morgen angesetzte Testaments-Eröffnung aus.«

Sie wandte sich an ihren Stellvertreter.

»Olli, während du Klaas und seine Begleiterin observiert hast, ist dir da noch etwas aufgefallen?«

»Nichts. Nachdem die beiden unsere Dienststelle verlassen haben, sind sie zum Deichkrug gegangen und haben sich dort ein Zimmer genommen. Anschließend hat sich Klaas an der Bar so langsam volllaufen lassen, während seine Tussi für eine Stunde verschwunden ist. Mit der Einkaufstasche einer Boutique tauchte sie wieder auf und hing dann ebenfalls an der Bar ab. Bei denen läuft heute nicht mehr viel.«

Heidkamp konnte das Ganze nur schwer verdauen. Dass der eigene Neffe für den Tod von Bruntje verantwortlich sein sollte, wollte nicht so richtig in seinen Kopf. Es dauerte eine Weile, dann gab er sich einen Ruck.

»Okay, das mit den Haftbefehlen übernehme ich.« Er griff zum Handy, koppelte es über Bluetooth mit dem Lautsprecher auf dem Tisch und wählte eine gespeicherte Nummer. Soweit Kathrin Hansen es mitbekam, war der zuständige Oberstaatsanwalt in Osnabrück ein Duzfreund von ihrem Chef. Dr. Holger Schneider, so hieß der Mann, versprach, sich dafür einzusetzen, dass die Sache in den nächsten Stunden über die Bühne ginge. Abschließend meinte er, dass er sich sehr darüber freuen würde, dass die Heidkamps nach Langeoog übersiedelten. Eine schöne Gelegenheit, um am Wochenende mal schnell auf die Insel zu hoppen, um mit dem Kriminalrat eine Runde Golf zu spielen.

Was so ein Netzwerk doch wert ist, ging es Kathrin Hansen durch den Sinn. Wobei sie sich eingestehen musste, dass in dieser Hinsicht bei ihr ein Manko herrschte.

Sichtlich beruhigter zeigte Heidkamp auf die Platte mit Schnittchen, die von der Kellnerin auf den Tisch gestellt wurde.

»Bedient euch, beim Essen können wir weiterreden.«

»Hat einer schon was von der Grenzschutz Gruppe gehört?«, quetschte Friedrichs heraus und schob sich den Rest des Brötchens in den Mund.

»Gegen Mittag hat mich Meier, der Gruppenführer angerufen. Bis dahin war die Suche negativ. Und es wird sich auch nichts geändert haben, sonst hätte er sich wieder gemeldet«, gab Heidkamp bekannt.

»Wenigstens sind keine weiteren Leichenteile aufgetaucht«, warf Kathrin Hansen ein.

»Etwas, das mich schon mal beruhigt. Doch morgen muss die Suche fortgesetzt werden, wir müssen Klarheit haben.« Sie wollte anschließend die Vorgehensweise bei der Verhaftung von Yusuf Baka und Klaas klären, als ihr Handy sich meldete.

»Maartens hier.

Ich glaube, ich stehe hier vor dem Toten, zu dem die Knochenreste der Hand gehören«, meldete er mit belegter Stimme. Dann kam nichts mehr.

Unfähig, direkt antworten zu können, musste Kathrin Hansen das Gehörte erst einmal verdauen. Maartens glaubte die Leiche von Luca Koljic gefunden zu haben.

Unglaublich.

Sie blickte kurz zu Heidkamp hin, fragte Maartens, wo er wäre und sagte, sie wären sofort da.

Nachdem sie die Neuigkeit an alle weitergegeben hatte, teilte sie Friedrichs und Maike Jansen dazu ein, im Wechsel Klaas zu überwachen. Es musste verhindert werden, dass der Mann im alkoholisierten Zustand irgendwelchen Mist baute. Vor allem durfte er keinen Kontakt mit Yusuf Baka haben.

Sie und Heidkamp brachen zu Maartens auf, während Ava Sari die Pathologin und die Kriminaltechnik vorwarnen sollte. Den endgültigen Startschuss wollte Heidkamp jedoch erst geben, wenn sie die genauen Umstände erfasst hatten.

Unterwegs informierte der Kriminalrat die zwei Beamten des LKA, die an Yusuf Baka dran waren, dass sie sich darauf einstellen müssten, dass ihr Mann am Morgen die Insel verlassen würde. Sobald er in Bensersiel sich außerhalb des Hafengebäudes aufhalten würde, sollten sie ihn verhaften. Kollegen in Zivil der

Polizeiinspektion Wittmund würden als Unterstützung vor Ort sein. Am Schluss betonte Heidkamp, dass die Handlungen möglichst von der Öffentlichkeit unbemerkt vorzunehmen sind. Es gebe auch keine Polizeifahrzeuge, sondern unauffällige Zivilkutschen.

»So, jetzt hoffe ich nur, dass nichts mehr dazwischenkommt und wir morgen mal wieder richtig durchatmen können«, sinnierte Heidkamp und drückte das eiserne Tor auf.

28. KAPITEL

Am Eingang des Dünenfriedhofes sah sich Kathrin Hansen nach Maartens um und bemerkte Ben, der ihnen entgegen stürmte. Schwanzwedelnd begrüßte er sie, nahm dankbar die Streicheleinheiten entgegen und lief zurück. Immer noch war Kathrin Hansen fassungslos, dass es Maartens gelungen war, auf die Spur des vermissten Koljic zu kommen. Dann noch an diesem Ort. Für so etwas musste der ehemalige Kripochef eine Nase haben.

So ziemlich am Ende des Geländes, abgepflanzt durch eine Hagebuttenhecke, befand sich die Sammelstelle für das Grünzeug, das auf dem Friedhof anfiel. In einer Ecke stand ein offener Container und davor stand Maartens. Mit ernstem Gesicht blickte er ihnen entgegen.

»Nicht gerade die nobelste Art, so zur letzten Ruhe gebettet zu werden. Aber wahrscheinlich hat dieser Mensch es nicht besser verdient«, meinte er lakonisch. Dann berichtete er, dass ihm plötzlich eingefallen war, dass schon einmal auf diesem Friedhof ein Verbrechen geschehen ist. Sein Bauchgefühl hatte ihn dann dazu getrieben, sich hier einmal umzusehen.

»Trotzdem, hätte Ben sich nicht wie verrückt angestellt, hätte ich den Toten nicht gefunden. Mehr als ein Stück von einem Arm habe ich auch nicht gesehen. Grünzeug und alte Kränze bedecken die Leiche. Passt ja irgendwie.«

»Na toll«, knurrte Kathrin Hansen.

»Warum sollte es auch mal einfacher gehen.«

Mit Widerwillen zog sie sich an dem Container hoch und stellte sich auf eine angeschweißte Eisenhalterung. Trotzdem musste sie sich noch recken, um hineinblicken zu können. Und dann schlug ihr der Gestank entgegen. Sie atmete flach, zog ihr Handy aus der Tasche und machte ein Foto. Dann noch eins, gezoomt, auf den Arm des Toten. Bei dieser Aufnahme sah sie, dass von der Hand nicht mehr viel übrig war. Am liebsten hätte sie es damit gut sein lassen, doch sie musste sicher sein, dass es sich um Koljic handelte. Der anschließende Ärger mit der Kriminaltechnik war somit vorprogrammiert. Egal, sie standen unter Zeitdruck, sie mussten weiterkommen.

»Habt ihr da unten etwas, womit ich das Grünzeug beiseiteschieben kann?«, fragte sie und angelte nach der Harke, die ihr Heidkamp daraufhin reichte. »Na, dann mal los«, knurrte sie und zog mit der Harke zwei verdorrte Kränze und einen Haufen vergammelte Stiefmütterchen zur Seite.

»Na super«, rief sie den Männern zu, »ich kann das Gesicht erkennen.«

Dass es ihr kotzübel wurde, behielt sie für sich. Nutzte eh nichts. Beim Fotografieren zoomte sie den Ausschnitt so nah wie möglich heran und machte anschließend noch ein Video.

Mehr ging nicht.

Sie sprang auf den Boden und zeigte Heidkamp und Maartens die Fotos.

»Es ist Luca Koljic. Damit schließt sich die letzte Lücke. Ich schicke die Fotos der Kriminaltechnik, die müssen entscheiden, welche Maßnahmen sie durchführen werden. Möglicherweise nehmen die den ganzen Container mit aufs Festland.«

Zustimmend nickte Heidkamp.

»Sehe ich auch so.«

Während er sein Handy aus der Tasche zog, erklärte er, dass er Meier vom Grenzschutz informieren würde.

»Morgen brauchen wir die Truppe ja nicht mehr.«

»Schließe mich dem an«, brachte Kathrin Hansen erleichtert heraus.

»Auch wenn die Jungs das super gemacht haben, bin ich froh, wenn keiner mehr durch die Dünen streift.« Sie bückte sich zu Ben, der die ganze Zeit brav an Maartens Seite geblieben war und ihre Aktion aufmerksam beobachtete. Streichelte ihm über den Kopf und meinte, dass er sich ein besonders großes Stück Wurst verdient hätte. Ben bedankte sich, indem er ihr die Hand abschleckte und in Vorfreude auf die Wurst die Hose besabberte.

Anerkennend klopfte Heidkamp seinem Freund Maartens auf die Schulter und bedankte sich für seine Unterstützung.

»Bent, heute Abend bist du mein Gast, ich muss nur noch kurz etwas mit dem Oberstaatsanwalt abklären. Danach kann das junge Gemüse ohne mich weitermachen.« Grinsend blickte er zu der Hauptkommissarin hin, die eine verzweifelte Miene aufsetzte.

»Na toll, während ihr im Fährmann abhängt, müssen wir uns die Nacht um die Ohren schlagen«, konterte sie. In der Tat war es dann so, dass sie sich von Ava Sari den Schlüssel für das Friedhofstor bringen ließ. Für Notfälle befand sich ein Duplikat in der Dienststelle. Sie schloss das Tor ab und der großräumige Tatort war zumindest schon mal nach außen hin gesichert. Anschließend beauftragte sie ihren Stellvertreter Friedrichs, bis zum Eintreffen der Kriminaltechnik mit Hilfe der Insel Feuerwehr eine Wache am Container zu positionieren. Friedrichs kannte die Jungs und meinte, das bekäme er schon hin.

Im Deichkrug musste Maike Jansen die nächtliche Bewachung von Lüder Klaas nun alleine schultern, doch für sie war das kein Problem. Eigentlich war sie sogar froh, ungestört darüber nachdenken zu können, ob sie zu diesem Zeitpunkt mit Friedrichs zusammenziehen sollte. Mit dieser Entscheidung tat sie sich wirklich schwer, die miese Ehe ihrer Eltern war für sie immer noch ein abschreckendes Beispiel. Doch auch die Worte von Kathrin Hansen, einfach auf ihr Herz zu hören, drängten sich ihr immer stärker auf.

Sollte Lüder Klaas nachts doch noch etwas unternehmen wollen, würde Kathrin Hansen zu ihr stoßen. Doch damit war nicht zu rechnen. Maike Jansen hatte sich den Verzehrbon von Klaas an der Bar zeigen lassen, demnach hatte er so viel Promille, das er kaum noch den Hintern hochkriegen würde. Und bei seinem Röschen sah es nicht anders aus.

Da sie im Moment nicht mehr unternehmen konnte, plante Kathrin Hansen die Festnahme von Lüder Klaas. Sie sollte morgens in aller Frühe geschehen. Von Ava Sari wusste sie, dass die Haftbefehle für Klaas und Yusuf Baka per Mail eingegangen waren. Den Haftbefehl für den Syrer hatte Ava Sari bereits einem der Männer vom LKA übergeben.

Generell sollte die Verhaftung von Klaas kein Problem sein, doch Kathrin Hansen hatte Bedenken, ihn anschließend mit der Fähre nach Bensersiel zu überstellen. Es war zu erwarten, dass der Mann ausflippen würde. Und seine Tussi konnte es auch, davon war sie überzeugt. Wobei die Frau noch damit rechnen musste, der Mitwisserschaft angeklagt zu werden. Doch das war noch zu klären.

Kurz entschlossen griff Kathrin Hansen zum Handy und rief Heidkamp an. Er war dann auch sofort bereit, ein Boot der Küstenwache zu organisieren, dass Klaas und seine Begleiterin im Hafen von Langeoog aufnehmen sollte. Beide fixierten den genauen

Zeitpunkt, um zu verhindern, dass Yusuf Baka, der die Insel mit der Fähre verlassen würde, von der Aktion etwas mitbekam. In dem Glauben, alles liefe gut, sollte er wie geplant abreisen. Silke Bayer, die Chefin des Dünenkieker hatte versprochen, sich sofort zu melden, wenn er ausgecheckt hätte.

Im Hinterkopf speicherte Kathrin Hansen, dass sie das Handy von Klaas konfiszieren musste. Es war damit zu rechnen, dass Yusuf Baka sich mit ihm in Verbindung setzen wollte. Kurz überdachte sie nochmals alle Maßnahmen, hoffte nichts übersehen zu haben und beschloss, sich einige Stunden aufs Ohr zu legen. Obwohl sie ahnte, dass das nichts geben würde. Doch ein Versuch war es wert.

29. KAPITEL

Zu Hause angekommen, merkte Kathrin Hansen erst so richtig, wie kaputt sie war. Und einen Riesenhunger hatte sie auch. Hindrik hatte eine Nachricht hinterlassen, dass es bei ihm später würde, er hätte Heimleiterbesprechung. Im Kühlschrank stände etwas zum Abendbrot, wenn auch nur etwas Kaltes.

Doch zuerst musste Kathrin Hansen unter die Dusche. Sie hatte immer noch den Gestank aus dem Container in der Nase und glaubte ihn am gesamten Körper zu riechen. Wie sie aus Erfahrung wusste, würde das auch noch eine Weile so bleiben. Für den Fall des Unvorhergesehenen nahm sie ihr Handy mit ins Bad.

Mit einem weiten Shirt und bequemen Shorts bekleidet, beschloss sie, ihr Abendbrot auf der Terrasse zu verzehren. Für die Jahreszeit war es recht angenehm warm und sie gönnte sich ein gut gekühltes alkoholfreies Bier. Das von Hindrik bereitgestellte „Kalte“ im Kühlschrank entpuppte sich als ein großer Teller mit Matjes Filets, ordentlich mit Zwiebelringen dekoriert. Genau das, was sie jetzt brauchte. Sie legte zwei Scheiben dunkles Brot und eine dicke Gewürzgurke hinzu und machte es sich in einem Korbsessel mit Blick aufs Meer bequem.

Herrlich, dachte sie, so könnte es jeden Abend sein. Gestand sich aber im selben Moment ein, dass es in ihrem Alltag eigentlich immer so war. Wenn nicht gerade durchgeknallte Typen meinten, sie müssten auf der Insel ihre mörderischen Spielchen spielen.

Beim Essen konzentrierte sie sich auf die friedvolle Welt zu ihren Füßen. Manchmal konnte sie es immer noch nicht fassen, dass sie dieses Anwesen geerbt hatte.

Traumhaft gelegen an der Höhenpromenade.

Eine millionenschwere Immobilie.

Mittlerweile wusste sie schon nicht mehr, wie viele Angebote sie von Immobilien Haien bekommen hatte. Doch hier dachte sie wie Bruntje Klaas, mit dem Ausverkauf der Insel musste Schluss sein. Daher fand sie es auch von Heidkamps besonders toll, dass sie in ihrem Haus Wohnraum schafften und an junge Leute vermieteten.

Sie musste an Bruntje Klaas denken.

Ihr wurde das Herz schwer, doch gleichzeitig stieg massive Wut in ihr hoch, Wut auf diesen Versager Lüder Klaas. Ein Mensch, der es selbst zu nichts gebracht hatte, dem nichts heilig war, der für Kohle seine Tante ermorden ließ. Wenn auch noch kein Geständnis vorlag, war sich Kathrin Hansen sicher, dass es so war. Doch sie würde ihn knacken. Sie sah Klaas schon vor sich, wie er rotzheulend gestand, dass er das alles nicht gewollt hätte. Dass ihm das alles leidtun würde. So etwas konnte sie nicht hören.

Abgelenkt von einem Kitsurfer, der sich gefährlich weit hinaustreiben ließ, beobachtete sie das noch rege Leben am Strand. Anscheinend waren die Kinder, wenn sie im Sand und in die Matsche herumtoben konnten, nicht kleinzukriegen. Was selbst für die etwas schon älteren Jahrgänge galt. Es lag wohl daran, dass man auf der Insel weit weg vom Alltag lebte, man genoss die Langsamkeit der Zeit und das Miteinander mit der Natur. Und ihre Aufgabe war es, für die Sicherheit der Menschen zu sorgen. Dafür zu sorgen, dass sie gefahrlos die Annehmlichkeiten der Insel genießen konnten. Dabei hatte sie jetzt drei Morde zu verzeichnen. Kathrin Hansen gab sich einen Ruck, drehte ihren Korbsessel so, dass ihr Blick nicht mehr abgelenkt wurde. Nachdenklich lehnte sie sich zurück und rief die Fakten der Mordfälle auf. Für sie war der Mord an der Syrerin Ceylin Siham so gut wie abgeschlossen. Offen war nur noch die Frage, inwieweit Koljic bei der Vergewaltigung und Ermordung mitgewirkt hatte. Doch das würde die DNA zeigen. Im Grunde war es Kathrin Hansen egal, Koljic war tot, er konnte nicht mehr angeklagt werden. Das Yusuf Baka sein Mörder war, musste noch bewiesen werden, doch das dürfte nicht schwierig werden. Was ihr Kopfschmerzen bereitete, war die Frage, wer Bruntje Klaas das Genick gebrochen hatte. Infrage kamen ihr Neffe, Koljic und Yusuf Baka. Hier mussten die Vernehmungen Klarheit bringen. Für sie stand fest, dass Lüder Klaas hinter dem Mord an Bruntje steckte. Jedoch eher als Auftraggeber. Es war vorstellbar, das Koljic in seinem Auftrag Bruntje getötet hatte. Nun, der morgige Tag würde es zeigen. Auf den ganzen Müll, der dabei zutage kommen würde, war Kathrin Hansen allerdings nicht im Geringsten scharf.

Mit Blick auf die Uhr beschloss sie ins Bett zu gehen. Eigentlich noch viel zu früh, Hindrik war auch noch nicht da, doch um fünf Uhr wollte sie aufstehen und Lüder Klaas verhaften. Sie räumte den Tisch ab, ging kurz ins Bad und legte Hindrik einen Zettel hin.

30. KAPITEL

Etwas hatte sie aufgeschreckt. Bahira Amana hatte schon immer einen extrem leichten Schlaf. Es war die Angst, die in der Heimat ihr ständiger Begleiter gewesen war. Jeden Moment hatte sie damit rechnen müssen, dass Schergen des Regimes sie nachts aus dem Bett zerrten, sie schlugen, vergewaltigten. Bevor sie erschossen, gefoltert oder für immer in ein Loch weggesteckt wurde. Das alles, weil sie sich kritisch über die Machthaber und ihre Ungerechtigkeiten dem Volk gegenüber geäußert hatte. Seitdem stand sie auf der schwarzen Liste. Erst durch Ceylin Siham, ihre Freundin, bekam sie das Gefühl, sicher zu sein. Zumindest für den Moment. Als Verlobte eines Neffen des syrischen Herrschers hatte Ceylin dafür gesorgt, dass man ihre Freundin in Ruhe ließ.

Und jetzt war Ceylin tot.

Hingerichtet auf die Art, wie man in Syrien Verräter bestraft.

Wieder hörte sie ein Geräusch. Auf dem Kiesstreifen um das Gebäude musste sich jemand bewegen. Eiskalt lief es Bahira über den Rücken, ihre Arme bekamen eine Gänsehaut. Ohne Licht zu machen, zog sie ihren Jogginganzug und die Laufschuhe an und griff nach dem Pfefferspray. Nach dem Mord an Ceylin hatte Anna Wiesental, die Schulungsleiterin, diese Abwehrwaffe an alle verteilt. Geräuschlos ging Bahira ans Fenster und blickte hinunter in den Garten. Nichts. Minutenlang blieb sie angespannt stehen und dachte schon, sie hätte sich getäuscht, als kurz eine Taschenlampe aufblitzte. Ihre Hoffnung, ein Tier wäre die Ursache gewesen, verflog. Wer auch immer ums Gebäude schlich, hatte keine guten Absichten.

Rasch überlegte sie, ob eine der Frauen, die am Seminar teilnahmen, ein Date haben könnte, verwarf den Gedanken aber sofort. Jeder Teilnehmerin war klar, sollte sie sich auf so etwas einlassen und es würde auffliegen, müsste sie das Schulungs-Center und die Agentur verlassen.

Schlagartig wurde Bahira klar, dass es um sie ginge. Ihre Bestrafung sollte vollzogen werden.

So wie bei Ceylin. Überwältigt von Angst wollte sie sich ins Bett verkriechen und losheulen. Dann spürte sie den Hass und die Wut, die sie überfluteten.

Nein, sie würde sich nicht verkriechen.

Sie würde es ihnen nicht einfach machen.

Blaulicht, überall schrill heulende Sirenen, noch mehr Blaulicht. Menschen stürmten in Panik auf die Fähre, verzweifelte Schreie, das Weinen von Kindern. Alle wollten von der Insel.

Dann Schüsse.

Klatschnass geschwitzt fuhr Kathrin Hansen hoch. Ihr Herz raste und es dauerte einen Moment, bis sie sich in der Gegenwart zurechtfand.

»Was ist los?«, hörte sie Hindrik murmeln.

Dann bemerkte sie, dass ihr Handy brummte.

Eine ihr unbekannte Langeoog Nummer.

»Anna Wiesental«, flüsterte eine verängstigte Stimme.

»Bei uns schleicht jemand ums Haus herum. Wir haben Angst. Helfen Sie uns.« Dann folgte ein krachendes Geräusch und die Leitung war tot.

Wie erstarrt brauchte Kathrin Hansen eine Sekunde, um zu erfassen, was sie gerade gehört hatte. Dann schoss sie hoch, rief nach Hindrik und fuhr in ihre Jeans.

»Hindrik, komm hoch, es ist irgendetwas Schreckliches im Gange. Rufe Friedrichs an. Er soll ins Schulungs-Center der Agentur kommen. Im Eilflug und bewaffnet.«

Sie selbst griff sich im Flur ihre Jacke, steckte ihre Dienstpistole in die Tasche und war auch schon auf ihrem Bike. Eine düstere Ahnung befiel sie, doch es war eigentlich nicht möglich.

Konnte nicht sein.

Durfte nicht sein.

Dann bemerkte sie Hindrik, der auf seinem Drahtesel heran geschossen kam. Hindrik, der in seiner Blütezeit bei den Gebirgsjägern in Süddeutschland den Wehrdienst geleistet hatte. Das als Nordlicht. In dieser Zeit musste er Energie gespeichert haben, die nicht kleinzukriegen war.

Und dann glaubte Kathrin Hansen es nicht. Sie riss die Augen auf und starrte entgeistert auf das Gewehr, das Hindrik geschultert hatte. Sein Jagdgewehr, das er schon seit einer Ewigkeit nicht mehr benutzt hatte. Fast hätte sie vergessen, in die Pedale zu treten. Sie bemerkte, dass ihr der Mund offenstand und bog in den Kirchpad ein.

Kurz darauf bremste sie geräuschlos und gab Hindrik ein Zeichen, stehenzubleiben. Nicht ganz hundert Meter entfernt stand das alte Kapitänshaus. Kein Laut war zu hören, es herrschte eine Ruhe, die nachts für die Insel typisch war. Doch in diesem Moment fand Kathrin Hansen sie bedrückend.

»Hindrik, du bleibst hier und wartest auf Friedrichs«, sagte sie leise.

»Er soll nachkommen, aber geräuschlos.«

Ehe Hindrik sein Veto einlegen konnte, war sie in der Dunkelheit abgetaucht.

»Verdammt«, fluchte Hindrik und setzte sich in Bewegung.

31. KAPITEL

Safri Wari bewohnte ein Zimmer im Erdgeschoss zum Garten raus. Vertieft in einen Reiseführer über Deutschland fuhr sie erschrocken hoch, als die Tür nach draußen krachend aufflog. Ehe sie die Situation erfasste, bekam sie einen Schlag gegen den Kopf und verlor das Bewusstsein. Verächtlich betrachtete Yusuf Baka die Frau und öffnete die Tür zum Flur. Er wusste, dass er ein großes Risiko einging, doch Abtrünnige mussten bestraft werden. So wollte es das Gesetz.

Im Flur blieb er sichernd stehen und war bereit jeden zu töten, der sich ihm in den Weg stellte. Welches Zimmer Bahira Amana im Obergeschoss bewohnte, hatte er schon vor Tagen herausgefunden. Stundenlang hatte er das Gebäude mit einem Feldstecher observiert und hatte sie schließlich gesehen, als sie in ihrem Zimmer das Fenster öffnete. Es war abends gewesen, nach Seminarende. Doch er hatte beschlossen, sie erst kurz vor seiner Abreise zu töten.

In der Hand die Pistole, ging er auf die Treppe zu. Ihm kam gelegen, dass das alte Kapitänshaus abseits lag und keine direkten Nachbarn hatte. Würde er schießen, bekäme es keiner mit.

Nichts rührte sich im Haus. Etwas, das ihm nicht gefiel. Ihm war es lieber, wenn die Menschen in Panik gerieten und vor ihm flohen. Wenn sie vor Angst auf die Knie sanken und ihn anflehten sie leben zu lassen. Etwas, das selten vorgekommen war. Immer bereit auf jemanden zu treffen, der sich ihm in den Weg stellte, stieg er die alte Holztreppe hoch. Jede Stufe knarrte anders, doch Yusuf Baka ließ sich davon nicht ablenken. Durch seinen gewaltsamen Einbruch waren die Bewohner gewarnt, er ahnte, dass sie sich in einem Zimmer verschanzt hatten. Oben, das gab ein Gefühl der Sicherheit. Nun, ihm war es egal. Notfalls würde er alle erschießen. Oder auf andere Weise umbringen, er beherrschte einige Techniken. Er war der Beste.

Nur die Abtrünnige würde anders sterben.

Am Anfang des Korridors blieb er stehen. Ohne sich zu regen, horchte er in den Gang hinein. Kein Laut. Er musste anders vorgehen.

Viel Zeit blieb ihm nicht, um noch vor dem Hellwerden über die Feuerleiter sein Hotelzimmer erreichen zu können.

Entschlossen drückte er den Türgriff des ersten Zimmers herunter und trat die Tür mit einem mächtigen Tritt auf. Eine Sekunde später stand er im Raum und war bereit auf jeden, der sich bewegte, zu schießen. Nur war da niemand. Tief atmete Yusuf Baka durch. Als er fühlte, dass die Ruhe zurückkehrte, nahm er sich die nächsten Räume vor.

Schließlich stand er vor dem letzten Raum.

Er sammelte seine Konzentration und machte sich bereit. Es musste so sein wie er vermutet hatte. Alle Personen hielten sich in einem Raum auf. Und nur noch dieser blieb übrig. Zusätzlich hielt er in der linken Hand ein Messer mit einer schmalen, langen Klinge. Doppelseitig geschliffen und scharf wie ein Skalpell war es seine Lieblingswaffe. Sie dem Gegner blitzschnell tief durch das Gesicht zu ziehen, darin war er ein Meister. Noch nie war danach einer fähig gewesen, ihn anzugreifen.

Mit voller Wucht trat Yusuf Baka die Tür auf, verharrte eine Sekunde und sprang blitzschnell ins Zimmer.

32. KAPITEL

Nun kam ihr die Spezialausbildung zugute, die sie während ihrer Zeit an der Polizeihochschule absolviert hatte. Eine freiwillige, harte Sache, die sich nur wenige antun wollten. Doch damals hatte Kathrin Hansen noch vorgehabt, sich beim GSG zu bewerben. Da hätte eine solche Ausbildung die Chance, angenommen zu werden, beträchtlich erhöht. Es kam dann anders.

Aber dafür hatte sie jetzt keine Angst.

Die entsicherte Waffe in der Hand, jede natürliche Deckung nutzend, umrundete sie das Gebäude. Ihre mentale Verfassung war auf Kampf eingestellt. Auch etwas, das sie in diesem Lehrgang gelernt hatte.

Alles war ruhig.

Dafür, dass sie einen Hilferuf bekommen hatte, war es eindeutig zu ruhig. Das konnte nichts Gutes bedeuten. Dann bemerkte sie die eingetretene Terrassentür. Sie presste sich an die Hauswand, warf einen Blick in den Raum und sah im diffusen Licht einer Tischlampe die Gestalt auf dem Boden. Langsam glitt sie in den Raum, checkte ihn und beugte sich zu der Frau hinunter. Offensichtlich war sie bewusstlos, doch sie lebte.

Im Haus war immer noch alles ruhig und Kathrin Hansen überlegte, ob sie die Frau so liegen lassen konnte, als sie ein Geräusch vernahm. Es musste tiefer aus dem Inneren des Hauses kommen. Jemand hämmerte gegen eine Tür, brüllte etwas und dann fielen zwei Schüsse.

»Scheiße«, stieß sie heraus, lief aus dem Zimmer, kam in die Diele und bemerkte die Stiege, die zum Keller oder wohin auch immer führte.

Jetzt waren ihre leichten Sportschuhe gerade richtig. Ohne ein Geräusch zu verursachen, huschte sie über die schmalen Tritte nach unten, sah das zerschossene Schloss der alten Holztür und bemerkte einen Geruch, wie er von Vorratsräumen ausging. Ehe sie sich schlüssig wurde, wie sie vorgehen sollte, hörte sie den Schrei einer Frau. Mit einem Satz war sie im Raum, sah, wie Yusuf Baka den Kopf von Bahira Amana an den Haaren nach hinten riss und ihr ein Messer an den Hals setzte. Im selben Moment schoss Kathrin Hansen ihm das rechte Knie weg. Mit einem Aufschrei kippte Yusuf Baka zur Seite und ließ die Frau los.

Blitzschnell kickte Kathrin Hansen das Messer zur Seite und sah, dass Yusuf Baka eine Pistole auf sie richtete.

Sie war schneller.

Ihr Schuss in sein zweites Knie steckte er nicht mehr weg. Mit einem Röcheln sackte er in sich zusammen.

Tief atmete Kathrin Hansen durch und checkte den Raum.

Anna Wiesental hielt die schluchzende Bahira Amana in ihren Armen, während drei weitere Frauen sie mit aufgerissenen Augen anstarrten. Erst dann bemerkte sie Hindrik, der mit seiner Jagdflinte in der Hand hinter ihr stand und fassungslos auf die Szene starrte.

»Ich glaube das nicht«, brachte er heraus.

Hinter ihm tauchte Friedrichs auf.

33. KAPITEL

Es war nicht zu vermeiden, dass der geplante Tagesablauf sich hinausschob. Doch die Verhaftung von Lüder Klaas musste wie vorgesehen geschehen. Nur so konnte die angesetzte Testament-Eröffnung verhindert werden. Vom Schulungs-Center aus informierte die Hauptkommissarin Maike Jansen über die Ereignisse und teilte ihr mit, dass sie und Friedrichs die Verhaftung vornehmen müssten. Anschließend sollten sie sich mit Klaas und seiner Begleiterin im Deichkrug in einen isolierten Raum setzen. Sie würde dann zu ihnen stoßen.

Und nein, einen Anwalt bekäme Klaas nicht.

Nicht direkt.

So wollte Kathrin Hansen vermeiden, dass im Ort Gerede entstand. Das überhaupt etwas an die Öffentlichkeit kam. War Klaas erst auf dem Festland, sollte er seinen Anwalt haben. Und seine Begleiterin wurde wegen des

Verdachts auf Mitwisserschaft ebenfalls festgesetzt. Insgeheim beneidete Kathrin Hansen ihre beiden Kollegen nicht um den Job.

Etwa zwanzig Minuten, nachdem sie Yusuf Baka angeschossen hatte, traf der Notarztwagen ein. Dem Arzt und zwei Sanitäter verlangte Kathrin Hansen eine Verschwiegenheitszusage ab. Es durfte nicht nach außen gelangen, was sich abgespielt hatte.

Mit Hindrik als Unterstützung beruhigte sie die geschockten Frauen. Erstaunlicherweise steckte Bahira Amana das schreckliche Erlebnis am schnellsten weg. Zumindest nach außen hin. Vermutlich aber auch, weil der Mörder ihrer Freundin zum Krüppel geschossen wurde. In einem unbeobachteten Augenblick ging sie zu ihm hin und bespuckte ihn. Kathrin Hansen, die es mitbekam, tat so, als hätte sie es nicht bemerkt.

Anna Wiesental, die Seminarleiterin, bat alle nach oben in den Pausenraum. Mittlerweile war es draußen hell und sie brühte Kaffee und Tee auf, stellte für alle ein opulentes Frühstück auf den Tisch. Dankbar schenkte sich Kathrin Hansen einen Pott Kaffee ein. Ihr Adrenalinspiegel war rapide gesunken und sie lechzte nach Koffein. Gierig trank sie den ersten Schluck und registrierte, wie Hindrik sie bekneiste. Er war immer noch nicht darüber weg, was sie geliefert hatte.

Mit einem Funkeln in den Augen drehte sie sich ihm zu und zeigte auf die Flinte, die er wie einen Besenstil in der Hand hielt.

»Ich hoffe, du hast einen Waffenschein, andernfalls muss ich dich festnehmen«, sagte sie grinsend. In dem Moment traf Kriminalrat Heidkamp ein und meinte, er wollte sich die Bescherung mal ansehen. Von Kathrin Hansen ließ er sich die Räumlichkeiten zeigen und erklären, wie sich alles abgespielt hatte. Bei einigen Sachen hakte er nach und setzte sich dann mit ihr an einen separaten Tisch. Beim Frühstück diskutierten sie die Sachlage. Am Ende schüttelte Heidkamp frustriert den Kopf.

»Die beiden LKA Männer, die den Syrer observieren sollten, habe ich bereits in die Wüste geschickt. Diese sogenannten Spezialisten haben doch tatsächlich nicht die Feuerleiter überwacht. Das ist doch nicht zu glauben. Ich werde einen Bericht schreiben, der ihnen den Job kosten kann. Solchen Pflaumen kann man nicht das Leben von Menschen anvertrauen.«

Heidkamp nahm einen großen Schluck Tee und mit Erstaunen stellte Kathrin Hansen fest, dass es auch ohne die sonst übliche Schlürf-Nummer ging.

»Aber, wie geht es Ihnen?«, fragte er besorgt.

Einen kurzen Moment musste sich Kathrin Hansen sammeln. Sie wusste, worauf ihr Chef hinauswollte.

»Ich hätte ihn töten können.«

»Stimmt, es wäre Notwehr gewesen. Kein Mensch hätte Ihnen was anhaben können.

Aber das wollten Sie nicht.«

»Nein.«

Einen kurzen Augenblick erlebte Kathrin Hansen die Szene wieder, als Yusuf Baka den Kopf von Bahira Amana nach hinten riss und ihr sein Messer an den Hals setzte. Dann sah sie Heidkamp mit festem Blick in die Augen.

»Nein, ich wollte ihn nicht töten.

Ich wollte, dass dieser Massenmörder keinen schnellen und gnädigen Tod haben durfte. Dieses Monster musste büßen. Jeden Tag in seinem restlichen beschissenen Leben.

Hinter Gitter.

Als Krüppel.

Es sollte für ihn täglich die Hölle bedeuten.«

Bedächtig nickte Heidkamp.

»Ich hätte es genauso gemacht.«

34. KAPITEL

Kribbelig blickte Maike Jansen auf die Uhr. Sie war nervös, ihr fehlte Schlaf und sie hatte entschieden zu viel schwarzen Tee getrunken. Jeden Moment musste Friedrichs kommen. Sie beobachtete, wie in der Hotelküche bereits das Frühstück vorbereitet wurde. Plötzlich verspürte sie Appetit auf ein herzhaftes Brötchen mit Käse und es duftete so gut nach Kaffee, dass sie nicht widerstehen konnte.

Mit einem freundlichen »Moin«, begrüßte sie die junge Frau in der Küche und fragte, ob sie schon etwas bekommen könnte. Kurz darauf jonglierte sie ein Tablett zu ihrem Tisch. Heilfroh, dass Lüder Klaas mit seiner Herzdame noch nicht aufgetaucht war, machte sie sich über das Frühstück her. Als sie den letzten Bissen mit einem Schluck Kaffee hinunterspülte, trudelte Friedrichs ein. Nach einem flüchtigen Kuss fragte er, ob sich etwas Besonderes ereignet hätte.

»Nichts«, antwortete Maike Jansen.

»Aber dafür war im Schulungs-Center der Agentur die Kacke ja so richtig am Dampfen.«

»Stimmt. Ich kam leider erst hinzu, als alles schon gelaufen war. Unsere Chefin hat eine Nummer abgezogen, das glaubst du nicht. Ohne sie würde Bahira Amana nicht mehr leben. Und wer weiß, ob Yusuf Baka die anderen Frauen verschont hätte.

Wahnsinn.«

Er blickte auf die Uhr.

»Aber jetzt sind wir dran, holen wir sie aus den Betten.«

Von der Hotelchefin ließ sich Friedrichs den Schlüssel für das Zimmer von Lüder Klaas geben und bat sie, einen Raum zu reservieren.

»Möglichst nach hinten raus, oder im Keller. Hauptsache, keiner bekommt mit, was sich abspielt«, erklärte er ihr.

»Kein Problem«, erwiderte Lisa Pleitgen, »es ist auch in meinem Interesse, dass alles bedeckt bleibt.«

Mit höflichen Floskeln hielten sich Friedrichs und Maike Jansen nicht auf. Sie gingen in das Doppelzimmer, ließen ein lautes »Moin« hören, und Maike Jansen öffnete erst einmal ein Fenster.

»Puh, stinkt das hier«, sagte sie angewidert und blickte auf das Paar, das aus dem Schlaf gerissen sie entgeistert anstarrte.

»Aufstehen die Herrschaften, wir haben zu tun«, sagte Friedrichs trocken und zog Klaas das Oberbett weg. Ohne fähig zu sein, einen Ton herauszubringen, blickte Klaas den Oberkommissar mit aufgerissenen Augen an.

»Okay, machen wir es kurz.«

Friedrichs zog ein Papier aus der Tasche.

»Lüder Klaas, Sie werden beschuldigt, am gewaltsamen Tod ihrer Tante Frau Bruntje Klaas beteiligt gewesen zu sein. Sie sind festgenommen.«

Dann wandte er sich der Frau zu.

»Rosamunde Schmitz, Sie stehen im Verdacht der Mitwisserschaft. Sie sind ebenfalls festgenommen.«

Kurz überzeugte sich Friedrichs, dass durch das Fenster keine Fluchtgefahr bestand, überprüfte die Klamotten der beiden nach Waffen, nahm ihre Handys und teilte dem Pärchen mit, dass es zehn Minuten Zeit hätte sich anzuziehen.

»Wir warten vor der Tür. Versuchen Sie keine Mätzchen, sonst nehmen wir Sie so mit, wie Sie sind.«

Mit Blick zu der Frau hin konnte er sich ein Grinsen nicht verkneifen. Noch nie hatte er so ein einfältiges Gesicht gesehen. Und von dem ganzen Kram, womit sie sich tagsüber auftakelte, war auch nichts geblieben. Ihr Gesicht sah aus wie das einer schlaffen Stoffpuppe. Nur nicht so nett anzusehen.

Kaum hatten Friedrichs und Maike Jansen das Zimmer verlassen, hörten sie, wie es drinnen zur Sache ging. Dabei dürfte Klaas die untergeordnete Rolle spielen. Sie hörten, wie die Frau ihn einen jämmerlichen Versager nannte, ihn hysterisch beschimpfte und erst aufhörte, als er ihr offensichtlich eine Ohrfeige gab.

Maike Jansen grinste.

»Olli, das ist echte Liebe.«

Spontan stellte sie sich vor ihm, reckte sich und drückte ihm einen Kuss auf die Lippen.

»So, der war nötig«, meinte sie mit glänzenden Augen. Um sicherzugehen, dass das Pärchen fertig bekleidet war, warteten sie ein paar Minuten länger und holten die beiden dann aus dem Zimmer. Ohne auf die Proteste und Drohungen von Klaas einzugehen, steuerten sie den Etagenaufzug an und fuhren runter ins Basement. Hier waren die Wäscherei, Vorratsräume und ein Raum, der nicht oft benutzt wurde. Auf dem Tisch hatte die Chefin des Hauses Getränke und etwas zum Knabbern hingestellt und es gab sogar einen Ausgang, der auf die Hofseite führte. Ideal für den verdeckten Abtransport. Besser konnte es gar nicht sein.

35. KAPITEL

Sie sahen der Fähre hinterher, die gerade den Hafen in Richtung Bensersiel verließ. Heidkamp griff nach seinem Handy, wählte eine gespeicherte Nummer und gab bekannt, dass es losgehen könnte.

»In etwa zehn Minuten ist das Boot der Küstenwache hier«, teilte er anschließend Kathrin Hansen mit.

»Sie können Friedrichs und die Notfall-Klinik anrufen, dass sie sich auf den Weg machen sollen.«

»Bin ich froh, wenn die ganze Bande von der Insel runter ist«, stöhnte Kathrin Hansen und tätigte die Anrufe. Mit Blick in die Runde stellte sie erleichtert fest, dass so gut wie nichts am Hafen los war. Wie immer, wenn die Fähre abgelegt hatte, und die Inselbahn die ankommenden Gäste zum Bahnhof transportierte. Bis zum nächsten Ansturm hatten sie also genügend Zeit.

Wenige Minuten später kam in flottem Tempo der rote Kleintransporter der Inselfeuerwehr vorgefahren. Maike Jansen stieg aus dem Führerhaus.

»Bin ich froh, wenn diese Typen runter von der Insel sind«, meinte sie genervt.

»Maike, das habe ich gerade auch gesagt«, antwortete Kathrin Hansen schmunzelnd.

»Olli bleibt noch im Wagen bei den beiden. Für alle Fälle«, informierte die Kriminal Assistentin.

»Klaas ist nur noch ein jammerndes Häufchen Elend und seine Tussi sieht aus, als wenn jeden Moment der Schlag sie treffen würde. Was für ein abgefahrenes Gespann.« Sie blickte in Richtung Hafenstraße und meinte, dass auch der Rettungswagen bereits in Sicht wäre.

Heidkamp zeigte aufs Meer hinaus.

»Das Schiff der Küstenwache sehe ich auch schon.« Erleichtert atmete er auf.

»Ihr sind wir zu Dank verpflichtet. Dadurch, dass alles später wurde als geplant, war es fraglich, ob sie überhaupt noch kommen konnte. Der Dienstplan ist eng gesetzt.«

Regungslos beobachteten sie, wie das Schiff elegant in den Hafen einlief und mit gedrosselten Maschinen anlegte. Zwei

Matrosen zerrten die Taue fest, ein Mann wie ein Bär sprang auf den Anleger und grüßte mit einem heiteren »Moin. Kommt auch nicht oft vor, dass wir hier anlegen«, meinte er und betrachtete die beiden Rettungsfahrzeuge.

»Mann, oh Mann, ihr habt ja ganz schön aufgefahren.«

Die Übernahme lief dann schnell und ohne Probleme ab. Sanitäter holten die Trage mit Yusuf Baka aus dem Rettungswagen und trugen ihn in den Sani Bereich des Schiffes. Ruhig gestellt durch hoch dosiertes Morphium bekam er nicht viel davon mit. Etwas, das Kathrin Hansen im Stillen bedauerte. Zur Weiterbehandlung wurde der Mann nach Bremerhaven ins Bundeswehr-Krankenhaus überstellt. Wie es danach weitergehen würde, müsste noch geklärt werden. Nur eines war sicher, Yusuf Baka würde nie mehr in Freiheit kommen.

Als Friedrichs mit Lüder Klaas den Kastenwagen der Feuerwehr verließ, blieb Klaas abrupt stehen. Ungläubig starrte er auf das Schiff der Küstenwache, riss die Augen auf und brachte nur noch ein paar jämmerliche Töne heraus. Sein Röschen bekam erst gar nicht mit, dass sie die Ehre haben sollte, einmal in ihrem Leben mit der Küstenwache fahren zu dürfen. Erst als sie bemerkte, dass sie an Bord gehen sollte, fing sie haltlos an zu flennen. Heidkamp hatte dafür gesorgt, dass zwei seiner Beamten aus Wittmund die beiden an Bord übernehmen und anschließend zur Polizeiinspektion bringen würden. Dort durften sie über Nacht die Untersuchungshaft genießen. Anderntags würden die Vernehmungen beginnen. Als letztes wurde der Zinksarg mit dem toten Koljic an Bord gebracht. Auf ihn wartete schon die Pathologie.

Nach Beendigung der Aktion, sie hatte gerade einmal fünfzehn Minuten gedauert, bedankte sich Heidkamp beim Kapitän und versprach, für das nächste Fest der Truppe ein Fass Bier zu spendieren.

»Und zum Grillen gibt es auch was«, schob er schmunzelnd hinterher.

Minuten später blickten der Kriminalrat, Kathrin Hansen, Friedrichs und Maike Jansen noch eine Weile dem Schiff nach. Jeder hatte seine eigenen Gedanken.

Nur eines dachten alle:

»Gut, dass es vorbei ist.«

36. KAPITEL

Nach Dienstschluss hatte Kriminalrat Heidkamp alle in den Fährmann eingeladen. Sozusagen als Nachbesprechung. Hindrik und Maartens waren ebenfalls anwesend. Kurz zuvor hatte Heidkamp die Meldungen des Kapitäns der Küstenwache, sowie die Bestätigung seines Vertreters in Wittmund erhalten, dass die Aktion ohne Zwischenfälle abgelaufen sei. Lediglich Lüder Klaas war zusammengebrochen, als er in die Zelle geführt wurde.

Zufrieden wanderte der Blick von Heidkamp zu der Hauptkommissarin hin. Wieder einmal bedauerte er es, dass sie nicht seinen Job wollte. Er kannte ihren beruflichen Hintergrund, ihre Ausbildung, die Erfolge, die sie geliefert hatte. Vor ihrer Zeit auf Langeoog. Von daher war er nicht besonders überrascht, wie professionell sie den syrischen Killer ausgeschaltet hatte.

»Leute, ein kurzes Statement meinerseits«, unterbrach Kathrin Hansen ihn in seinen Überlegungen.

»Da wir noch keine Aussagen oder gar Geständnisse vorliegen haben, ist es immer noch nicht klar, was Yusuf Baka mit dem Mord an Bruntje zu tun hat.« Sie bemerkte die angespannten Mienen ihrer Kollegen und zeigte auf ihr Handy.

»Haltet euch fest.«

Sie rief eine Mail auf und blickte in die Runde.

»Soeben habe ich die Mitteilung vom Kollegen Müller aus Köln bekommen, dass hinter dem Spielcasino Fortuna syrisches Geld steht. Schwarzgeld, das auf diese Tour elegant gewaschen wird. Für die Verschleierung nach außen werden Albaner als Strohmänner eingesetzt.«

»Jetzt wird mir einiges klar«, warf Maike Jansen ein.

»Aber es geht noch weiter«, fuhr Kathrin Hansen fort.

»Die syrischen Investoren, vermutlich Mitglieder der Herrscherfamilie, stehen im Verdacht, über ein breit verzweigtes Netzwerk europaweit Immobilien aufzukaufen.«

»Stopp.«

Entschuldigend blickte der Kriminalrat Kathrin Hansen an.

»Für das, was noch kommt, brauchen wir eine Stärkung.« Er zeigte auf das Tablett, das die Bedienung auf den Tisch gestellt hatte, nahm ein Glas, prostete allen zu und kippte den ostfriesischen Klaren in einem weg. Mit geschlossenen Augen ließ er einen Augenblick verstreichen und bat dann die Hauptkommissarin mit ihren Ausführungen fortzufahren.

Kathrin Hansen setzte ihr Glas ab und nickte.

»Okay.

Wir waren bei Investitionen in Immobilen. In gewinnbringende Immobilen versteht sich. Klingelt da was?«

»Langeoog«, platzte Maike Jansen heraus.

»Genau.«

»Da kam Lüder Klaas mit seinen hohen Spielschulden, die er nicht bezahlen konnte, diesen Leuten gerade recht«, führte Maike Jansen den Gedanken zu Ende.

»Mein Gott noch«, stöhnte Heidkamp.

»Was für ein Morast.«

»Wobei noch ermittelt werden muss, ob Yusuf Baka nur die Erbschaftsregelung von Lüder Klaas überwachen sollte, oder ob er auch den Auftrag hatte Bruntje zu töten«, stellte Kathrin Hansen fest.

»Glaube ich eher nicht«, ließ Friedrichs sich vernehmen.

»Ich bin der Meinung, dass der Mörder von Bruntje dieser Schläger Luca Koljic war. Beauftragt von Lüder Klaas. Da sich jedoch Koljic und der Syrer vom Spiel-Casino her kannten, kamen sie gemeinsam nach Langeoog.«

»Was Koljic aber nicht ahnte«, setzte Maike Jansen den Gedanken fort, »war die Absicht von Yusuf Baka, ihn nach getaner Arbeit verschwinden zu lassen. Koljic wusste zu viel. Lüder Klaas wäre es nicht anders ergangen. Allerdings erst, nachdem er das Anwesen an die Syrer verkauft hätte.«

Eine Weile blieb es still.

Heidkamp klingelte nach der Bedienung, bestellte eine Runde Bier und bat um die Speisenkarten.

»Das heißt«, sinnierte Ava Sari, »der schreckliche Mord an Ceylin Siham war ein Kollateralschaden?«

Zustimmend nickte Kathrin Hansen.

»Genau. Es war ein verhängnisvoller Zufall, das Ceylin Siham zur gleichen Zeit wie der Schlächter von Hama auf der Insel war. Er muss sie zusammen mit Bahira Amana gesehen und dann beobachtet haben. Daher wusste er auch von dem Schulungs-Center. Als Ceylin Siham dann am Strand alleine war, nutzte er die Gelegenheit um sie zu töten. Zusammen mit Koljic ging er auf sie los. Dabei wurden sie anfangs von Hindrik gestört.«

»Was ihr leider nichts genutzt hat«, warf Hindrik mit belegter Stimme ein.

»Du hast es wenigstens versucht«, hielt Kathrin Hansen dagegen. Eine steile Falte bildete sich auf ihrer Stirn.

»Du hättest dabei draufgehen können.«

Eine bedrückte Stimmung schien sich breit machen zu wollen, Heidkamp fand es an der Zeit, dem ein Ende zu bereiten. Um die Aufmerksamkeit zu erhöhen, klopfte er mit einem Messer gegen das Bierglas und blickte seine Leute anerkennend an.

»Ihr habt tolle Arbeit geleistet.

Innerhalb weniger Tage hat unsere kleine Truppe drei Mordfälle aufgeklärt.

Sensibel aufgeklärt. Was äußerst schwierig ist.

Nichts ist an die Öffentlichkeit gelangt. Feriengäste und Insulaner haben sich immer sicher gefühlt. Eine verdammt starke Leistung.«

Sein Blick wanderte zu Maartens hin. Ein vergnügtes Funkeln zeigte sich in seinen Augen. »Bent, deine Intuition war ja wohl phänomenal. Nachdem eine Truppe des Grenzschutzes vergeblich den toten Koljic gesucht hat, signalisierte dir dein Bauchgefühl, dass du dich mal auf dem Dünenfriedhof umsehen solltest. Ein Ort, auf den sonst niemand gekommen ist.

Unglaublich. Ich denke, es ist angebracht, dir im Namen der Dienststelle einmal Danke zu sagen.« Sein Glas hebend prostete Heidkamp seinem alten Freund zu und wenn er sich nicht ganz täuschte, bekam Maartens feuchte Augen. Verlegen winkte dieser ab, mit Komplimenten konnte er noch nie gut umgehen.

»Und Hindrik«, das Funkeln in den Augen des Kriminalrats wurde um eine Spur ernster, »hat sich gleich mit zwei Typen angelegt. Mit Killer, für die Töten ein Sport ist. Ein Sport, den sie verdammt gut beherrschen. Bin ich froh, dass es, wenn ich es von der schönen Seite betrachte, so gut ausgegangen ist.«

»Alles gut«, grinste Hindrik, »etwas Abwechslung im Leben muss ja auch mal sein.«

Der kräftige Tritt, den ihm Kathrin Hansen unter dem Tisch verpasste, steckte Hindrik heldenhaft weg.

LANGEOOG FLUT

Der 4. Fall für Kathrin Hansen

Zum Buch

Bei einer Strandaufspülung am Oststrand von Langeoog wird ein makabrer Fund entdeckt. Zusammengepappt mit Sand, Muscheln, Meeresschlick, spukt die Rohrleitung eines Saugbaggers die Knochenreste eines Menschen aus. Eine Frau, die vermisst, aber nie gefunden wurde. Für Kathrin Hansen ein verworrener Fall, da die Spuren in die Vergangenheit führen. Kurz darauf gibt es am Weststrand ein weiteres Mordopfer in einem Strandkorb und besorgt sieht die Hauptkommissarin die Sicherheit der Feriengäste gefährdet. Als sie feststellt, dass ein Auftragsmörder sich auf der Insel vergnügt, sind ihr selbst die Beweise, die ihre Kriminalassistentin auf dunklen Pfaden aus dem Hut zaubert, recht.

Neuerscheinung im Mai 2024

LANGEOOG STURM

Der 5. Fall für Kathrin Hansen

Zum Buch

Ein spektakulärer Mord auf Langeoog hätte es locker auf die Titelseite einer Boulevardzeitung bringen können. Ein Fall, der so gar nicht auf die Insel passte. Bei den Ermittlungen nach Täter und Hintergründe werden Kathrin Hansen und ihr Team mit Kunstfälschung auf höchstem Niveau konfrontiert. Urplötzlich tummeln sich Kriminelle auf der Insel. Profis, die es draufhaben, ihre Opfer schnell und lautlos aus dem Verkehr zu ziehen. Eine Tote auf einer Yacht, die im Hafen vor Anker liegt, bringt neue Verdachtsmomente ins Spiel.
Ein Netz aus Verstrickungen veranlasst Kathrin Hansen, großzügig, die nicht immer so ganz gesetzestreuen Recherchen ihrer Kriminalassistentin zu übersehen.

Anmerkung: Im Selbstverlag werden die Bücher in der Regel nach Bestellung im Book on Demand Verfahren gedruckt und geliefert. Es entstehen keine Lagerhaltung, keine Entsorgung der Remittenden, kein zusätzlicher logistischer Aufwand. Ein nachhaltiges, umweltfreundliches Verfahren. Bedingt sind einige Tage Lieferzeit einzukalkulieren.

Von Vorteil ist eine Bestellung direkt beim Verlag BoD (www.bod.de). BoD liefert zudem generell versandkostenfrei. Selbstverständlich erhalten Sie auch bei Thalia, Amazon, sowie bei den gängigen Plattformen die Bücher. Und natürlich in Ihrer Lieblingsbuchhandlung.

Kim Lorenz

Schreibt Langeoog Krimis
um die Hauptkommissarin
Kathrin Hansen.

Gestaltet Malbücher
mit Motiven der Insel
zum Ausmalen.

Erschienene Titel

Langeoog Blut
Langeoog Tod
Langeoog Haie
Langeoog Flut
Langeoog Sturm

Langeoog Malbuch
Langeoog Malbuch 2
„Schön Schräg“

FSC
www.fsc.org
MIX
Papier aus verantwortungsvollen Quellen
Paper from responsible sources
FSC® C105338